ENTRE LÍNEAS:
EL CUENTO O LA VIDA

colección andanzas

Obras de Luis Landero en Tusquets Editores

ANDANZAS

Juegos de la edad tardía
Caballeros de fortuna
El mágico aprendiz
Entre líneas: el cuento o la vida
El guitarrista
Hoy, Júpiter
Retrato de un hombre inmaduro
Absolución
El balcón en invierno
La vida negociable
Lluvia fina
El huerto de Emerson
Una historia ridícula

LUIS LANDERO
ENTRE LÍNEAS:
EL CUENTO O LA VIDA

1.ª edición: abril de 2001
2.ª edición: mayo de 2001
3.ª edición: noviembre de 2022

© Luis Landero, 2001

Diseño de la colección: Guillemot-Navares
Reservados todos los derechos de esta edición para
Tusquets Editores, S.A. - Av. Diagonal 662-664 - 08034 Barcelona
ISBN: 84-8310-168-8
Depósito legal: B. 14.970-2001
Fotocomposición: Foinsa

Impreso en España

Índice

Trinidad en crisis 11
La noche 15
Primera experiencia estética 21
Perfil 27
El país de Maricastaña 31
El verbo, siempre el verbo 41
Un siglo en miniatura. 47
Entonces 57
El laberinto de papel 61
Una de marineros 69
¡El cuento o la vida!................ 75
Un recuerdo enfermo 91
La sinestesia: un malentendido poético. 95
Ingenio 103
Pasadizo de San Ginés 107
16 de junio de 1987 117
El manantial secreto 119

Sobre la brevedad 131
Cómo se hace una conferencia 135
Amor 155
Fin 161

Para Juan Pedro, que en el llano es el Doctor Jekyll, pero en las cumbres y simas se le encienden los ojos y la risa se le pone diabólica, y siempre anda urdiendo algún modo de despeñar a los amigos por los riscos. Y a Marisa, que ríe después con todo el escándalo que merece el reencuentro con la vida.

Trinidad en crisis

Aunque esto no es un cuento, resulta que sí hay un personaje, un profesor de lengua y literatura al que vamos a llamar Manuel Pérez Aguado (Manolito para los amigos; en el estrado, don Manuel), que es un nombre que no compromete a casi nada, y apenas nada evoca. Quizá la única nota pintoresca en él sea precisamente el hecho de ser profesor de literatura en estos tiempos. Hace poco fue a un banco a solicitar un crédito porque anda con ganas de introducir mejoras en el piso. Le demandaron la profesión, invitándolo así a demostrar su solvencia social. Él dijo: «Profesor de lengua y literatura en un instituto de bachillerato», y como el empleado lo mirase por un instante con cierta preocupación no exenta de estupor y piedad, Pérez apartó los ojos y se sintió como el protagonista de *El castillo* de Kafka: un agrimensor que no ha sido llamado y cuyos servicios no son tampoco necesarios, pero que sin embargo está ahí: gravoso, obstinado y absurdo. Entonces Manuel Pérez Aguado pensó que, al presentarse como profesor, era tanto como si hubiera dicho: soy-alguien-que-sabe. Porque, en efecto, lo primero que podría decirse de un profesor es que es-alguien-que-sabe. El empleado, con su mirada, parecía sin embargo decir: no sabrás tanto cuando no consigues convertir tu conocimiento en dinero, cuando tu sabiduría no te luce en la nómina. Y Pérez se llevó una mano a la cara y hubo de bajar los ojos ante el escándalo de aquella paradoja.

Manuel Pérez Aguado tiene ya muy holgada la cuarentena, y ha llegado por tanto a esa edad en que el rostro empieza a necesitar el consuelo de unas manos atentas que amorosamente le acaricien las arrugas, le pincen el arco de la nariz, le ordeñen la barbilla, le alivien los surcos de los ojos, le estimulen la frente y le hagan una visera contra la luz o la perplejidad y, sobre todo, contra la curiosidad crítica del prójimo. Al prójimo le gusta siempre mucho leer las caras ajenas y uno ha de defender esa escritura íntima, ese diario secreto, como puede. Quizá por eso las manos y la cara, a cierta edad, suelen iniciar un apasionado romance de auxilios mutuos. Es como si fundaran un pequeño montepío basado en el desamparo, la solidaridad y la desdicha. Y es que a cierta edad el rostro no debe andar en cueros por el mundo, y por eso las manos le hacen un taparrabos que alivie un poco el espectáculo obsceno de su desnudez. Los días en que Pérez se deja ganar en clase por el impudor de la elocuencia, parece como si se pusiera cachondo y se masturbara la cara en público.

Manuel Pérez Aguado, además de profesor, es lector y escritor. Esto, bien mirado, no deja de ser un problema, porque a pesar de ser tres actividades complementarias, no obstante hay entre ellas zonas conflictivas y hasta excluyentes. Por ejemplo: hay autores, como Joyce, que le interesan al escritor, y bastante menos al lector y al profesor; al lector y al profesor les gusta Galdós, y al escritor no tanto, pero Hermann Hesse, que fue del agrado del lector en la adolescencia, ahora sólo le atrae, por solidaridad con sus alumnos, al profesor. En fin, que se podrían hacer muchas combinaciones y ver cómo esa trinidad vive escindida, entre alianzas y rupturas continuas. Manuel Pérez no cree que esas trifulcas ocurran en otras trinidades, como por ejemplo en la de ingeniero de caminos, canales y puertos, donde los tres ingenieros forman de verdad una sola y armónica persona. Y eso por no hablar de los estados de ánimo. Hay días en que el profesor se levanta triste y el lector contento, o uno modorro y el otro dinámico, y hay otros días en que al escritor le gustaría mandar a hacer puñetas al profesor, y días milagrosos en que los tres compadres amanecen puestos de acuerdo en todo, como los mosqueteros. El escritor va por libre, y en general hace buenas migas con el lector. Lector y escritor a veces se burlan del profesor, que es el más viejo y cumplidor de los tres. El profesor, alguna tarde, se acuerda de cuando era sólo lector y no tenía que dar explicaciones a nadie, y se acuerda también de Adorno, filósofo al que admiró durante un tiempo y que dice que tanto menos se goza de las obras de arte cuanto más se entiende de ellas, cuanto más las pretensiones cientificistas del conocimiento van usurpando el papel de la intuición y de la sensibilidad. En ese caso, al lector le entra la morriña y recuerda la lejana edad en que el demonio de la literatura se le metió como una fúlgura en el alma. Si Manuel Pérez supiera pintar, pintaría para ustedes un cartelón ingenuo, al modo de los romanceadores ciegos, donde se vería lo que ustedes podrán encontrar en el próximo capítulo impar.

La noche

Yo estudiaba en un colegio de curas y por las cartas que les escribía a mis padres en esos años sé que no era feliz sino que tenía frío, que madrugaba mucho, que el padre que nos explicaba la Historia Sagrada se llamaba el padre Sanabria, que había una tapia y a mí se me encajaba la pelota detrás de la tapia y en el corralito de una casa donde vivía una señora que no quería devolverla porque no la dejábamos dormir la siesta con los gritos del fútbol. En todas las cartas contaba que tenía frío y que se me había encajado la pelota, pero mis padres no hacían caso de mis quejas y me aconsejaban que estudiase mucho y que obedeciese a los profesores y que les contase otras cosas además del frío y de la pelota. Y yo contaba entonces que en Madrid había muchos accidentes de tráfico y que una de las diversiones de la gente de aquí era ir a ver a los muertos y heridos y a ponerse en las esquinas a esperar los atropellos de peatones. Y también contaba que los jueves por la tarde nos llevaban los curas al Campo de los Alemanes y que allí había un campo de fútbol con mucha gente alrededor y que se oían los gritos de los jugadores. «¡Pasa ya!», «¡soltando esa pelota!», «¡abriendo ya el juego!», y que en los silencios se oía una vocecita nasal y sin fe que decía: «Refrescos, refrescos», y era la de un hombrecillo jorobado que llevaba una sera de esparto con botellas y mendrugos de hielo, pero vendía muy poco, casi nada, y al final del partido se marchaba por los descampados y yo lo veía alejarse hasta que era sólo un puntito borrándose en el horizonte, y que más allá del puntito estaba la torre torcida de una iglesia y un anuncio de Philips y otro de los estudios de cine de la CEA, y también les contaba que hacia allí corría el canal de la reina Isabel II, que atravesaba la autopista de Barajas y luego hacía un remanso donde lavaban las mujeres y que cuando las mujeres se iban venía allí a beber un rebaño sucio de ovejas y que alrededor había chabolas y familias de gitanos que vivían en cuevas y vidrios en el suelo y vertederos quemándose noche y día sin parar. Noche y día sin parar.

Eso es lo que yo les contaba, y cuando iba de vacaciones al pueblo mi padre me esperaba fumando en la oscuridad y silbando una canción de los tiempos suyos de la guerra. A veces por la noche se ponía a hacer cuentas en el librito de papel de fumar con un cabo de lápiz muy pequeño. Pero las cuentas nunca le salían y los dedos se le gastaban de tanto trajinar con los números. Siempre estaba contando y la noche lo sorprendía en la penumbra alumbrada de la cocina, donde había una alacena con agujeros y una tinaja sonora para el agua. Y me acuerdo que la noche habitaba en el naranjo del corral. Allí pasaba el día y se la oía suspirar y moverse, queriendo salir y gruñendo de coraje y de rabia. Luego al atardecer ardían unas luces como de hogueras traídas a oscuras y se hacía un silencio muy grande donde se quedaban flotando los pensamientos y las campanas de la iglesia. Entonces la noche salía del naranjo y otras noches menores venían a su encuentro, la nochecita escondida en el pozo, el pedacito de noche que vivía por el día debajo de una piedra, el pedazo grande que anidaba en los jazmines y dondiegos, todos los pedazos iban saliendo y cuando estaban todos juntos se asomaban a la puerta de la cocina pero no entraban porque una bombilla incandescente les impedía el paso, pero se asomaban a ver cómo mi padre echaba sus cuentas, las cuentas de la vida, como me dijo una vez que me atreví a preguntarle, la noche esperando a que él apagara la bombilla para poder entrar y apoderarse de todo y ensuciarlo todo, y entonces salía al fin el pedazo de noche que vivía en la tinaja y el silencio se llenaba de ruidos muy pequeños que andaban como perdidos en la oscuridad.

Luego pasaron los años, no muchos, y mi padre murió. Le oficiaron una misa para él solo en López de Hoyos y él estaba allí de cuerpo presente. Nunca había estado tan cerca del altar. Nunca tan resaltado. No recuerdo si la caja era marrón o negra, creo que negra, y él estaba allí dentro con su único traje oscuro, con camisa y corbata y las manos enlazadas sobre el pecho, no apoyadas en el pecho sino formando una especie de tejadito, y tampoco recuerdo si llevaba zapatos, creo que no, que iba sólo con calcetines, con los zapatos muy bien lustrados puestos junto a los pies, pero no sé por qué no se los pusieron, quizá porque con la enfermedad se hinchó y no le entraban bien. Lo vistieron entre mi madre y doña Adela. Doña Adela fue la que dijo que no lo pusieran en la cama porque, como era blanda, con la rigidez se quedaría luego combado. Echaron un colchón al suelo y allí, en aquello más duro, le quitaron el pijama que traía del hospital y lo vistieron con su mejor ropa, me pregunto si le pusieron también ropa interior. Yo entré un momento y vi cómo lo vestían, o lo desvestían, o mejor dicho sólo vi sus brazos de pelele, las mujeres de rodillas y él dejándose hacer y ésa es la imagen más cierta que yo tengo de mi padre muerto. Con lo pudoroso que él era y quién le iba a decir que al final estaría desnudo entre mujeres. Yo no lo vi nunca desnudo. Sólo pensarlo me da un poco de vértigo. Aquellas carnes blancas de hombre con su pelo de hombre, de hombre grande, de hombre poderoso, de hombre prohibido, de hombre padre. Carnes de padre pues. Y la cara muy seria, como cuando se ponía a hacer cuentas en el librito de fumar. Luego las dos mujeres le colocaron las manos haciéndole aquel tejadito sobre el pecho, y con las manos así puestas le cerraron la caja y lo dejaron allí en la oscuridad. Y al final de la misa lo metieron en una DKW negra y nosotros fuimos detrás, López de Hoyos, Cartagena, Manuel Becerra, Alcalá, la Plaza de Toros, él delante y nosotros detrás, éramos pocos, y aquel fue su último viaje por su amado Madrid.

Y ahora lleva enterrado muchos años. Muchísimos. A veces me pregunto cómo estará ahora allí bajo tierra y entre sus cuatro tablas, en su nochecita ya eterna, sin lluvia, sin tabaco, sin naranjo, sin hijos, y qué habrá sido del tejadito de sus manos.

Al final, parece que las cuentas no le salieron bien.

Primera experiencia estética

Manuel Pérez Aguado ha dibujado en la pizarra dos viñetas para ilustrar lo que va a ser su primera clase de literatura. En la viñeta A se ve un corral donde hay un árbol bien frondoso. Claro que, en realidad, es un arbusto: «arbusto celastráceo empleado para formar setos», según el diccionario de María Moliner. El árbol, o el arbusto, tiene un nombre precioso: evónimo, y también se llama bonetero de Japón. Debajo del evónimo hay un niño y una vieja sentados en sillitas de paja. La vieja es menuda y de lutos muy limpios. En su nitidez milimétrica, parece como descrita por Azorín, y así le hubiera gustado a Manuel Pérez sacarla en el dibujo, porque así es como la vieja, que es su abuela y se llama Francisca, pervive en el recuerdo. El niño es el propio Manuel con seis o siete años. Hay también algunos pájaros cantores, y al fondo se ve un campanario con un reloj. La escena ocurre hacia

1955 en un pueblo de Extremadura que tiene también un nombre muy lucido: Alburquerque.

Pero lo que importa al caso es que la vieja le está contando un cuento al niño. La historia trata de un pescador que un día naufraga, baja al fondo del mar, se casa allí con una princesa y, durante un año, vive feliz en aquel reino submarino. Todo eso sucede en un país lejano y en los tiempos remotos de Maricastaña. Pero luego el pescador empieza a sentir nostalgia de su vida anterior y pide permiso para regresar a su aldea y pasar unos días con su antigua familia terrestre. La princesa acuática intenta disuadirlo, suplica, llora, lanza veladas amenazas, pero él se obstina erre que erre en el viaje. Regresa, pues, a lomos de un tritón, y descubre que, allí arriba, han transcurrido trescientos años. No reconoce la aldea, y todos sus parientes han muerto hace ya siglos. Quiere entonces volver a su reino, pero no encuentra el camino, y a la orilla del mar se convierte de golpe en un anciano de trescientos años, y muere enajenado, como el rey Lear. En la viñeta B, Manuel Pérez ha dibujado la aldea y el reino submarino, todo ello envuelto en un marco ondulado, para que se note bien que, frente a la viñeta A, ese mundo es ficticio, y pertenece solamente al relato.

Dentro del cuento, naturalmente, había algunos ruidos, que el niño oía con la imaginación: las palabras de los personajes, el canto de las sirenas, las voces lejanas de los marineros y, sobre todo, el trajín de las olas. Fuera del cuento había también otros ruidos, como por ejemplo las campanadas del reloj, el piar de los pájaros y, sobre todo, el rumor de las hojas del evónimo, que parecía sumarse al relato con sus cuchicheos y sus repentinos silencios. Quien haya escuchado alguna vez una historia de miedo habrá tenido la impresión de que, en efecto, los ruidos del mundo real se van incorporando, por sugestión, al mundo imaginario. Y al revés: un crujido en el pasillo nos invita a pensar que el asesino se ha salido del cuento y viene en nuestra busca. Ahí lo tenemos ya, y según se acercan sus pasos, los límites entre la realidad y la ficción se desvanecen y confunden.

Y luego ocurría otra cosa: que al niño Manuel le pasaba exactamente lo contrario que al pescador, porque si éste, al volver a su aldea, descubre que durante su año de estancia en el mar han transcurrido en tierra trescientos años, aquel descubría que al regresar de los muchísimos años de la ficción (o del único año, según se mire), en la vida real sólo habían pasado los quince o veinte minutos que su abuela había tardado en contarle la historia.

Y había, además de los ruidos y el tiempo, un tercer motivo de perplejidad: el pescador, al subir a su aldea, se encuentra con que las cosas ya no son las mismas de antes. Del mismo modo el niño, al volver del reino fabuloso del cuento a la aldea de la realidad objetiva, descubría que también en las cosas del corral se habían producido cambios inquietantes. Y así, por ejemplo, resultaba que el evónimo estaba ahora contaminado por la ficción. El evónimo (con su rumor, sus sombras, sus sigilos) comenzó entonces a ser para Manuel algo más que un árbol o un arbusto. Verlo y escucharlo a cualquier hora (incluso en el recuerdo de este instante) era y es como rememorar el mundo de las realidades ficticias. El rumor de sus hojas ya será, para siempre, algo más que eso: son también las olas del mar, bajo las cuales hay un reino secreto.

Al cabo del tiempo, Manuel Pérez piensa que, en su primera experiencia estética, le ocurrió algo muy semejante a don Quijote. Porque es de suponer que don Quijote, al inicio de su locura, debió de sufrir la impresión de que la silueta de un molino de viento se desdibujaba para tomar la forma, todavía vaga e intermitente, de un ferocísimo gigante. Algo así le pasa también a los borrachos, que ven las cosas desdobladas, con la diferencia de que en los borrachos las imágenes son exactamente iguales (donde hay un molino ellos ven dos), y en el vislumbre estético las dos imágenes se superponen y gravitan entre ellas hasta confundirse en una plural: un molino que es también un gigante, un rumor de hojas que es a la vez un rumor de olas. Eso se llama metáfora, y nadie expresa mejor ese fenómeno prodigioso que Cervantes: don Quijote lee, lee y lee. Un día levanta los ojos del libro y, oh maravilla, he aquí que en el mundo cotidiano se ha obrado una metamorfosis, como le pasó al pescador al volver a su aldea, como le ocurrió al niño Manuel al acabar el cuento que una vieja le contó debajo de un evónimo. Baciyelmo.

Manuel Pérez Aguado ha invitado a sus alumnos a imaginarse que las dos viñetas de la pizarra se unen y mezclan formando una sola, como los fundidos en el cine, o como la realidad y el sueño cuando estamos en duermevela.

Ha seguido un silencio entre cómico y solemne, como suelen ser los silencios escolares. «¿Alguna pregunta?» En el último instante, un muchacho sube un brazo tan alto como puede: «¿Eso entra en el examen?» «Naturalmente», ha dicho el profesor. «Todo arte participa de la realidad objetiva. ¿Qué sería del Quijote si se eliminasen en él a Sancho, a Sansón Carrasco, al barbero y al cura? ¿Qué sería del cuento del pescador sin el humilde evónimo y la rutina de las campanadas de la iglesia?» Unos segundos de estupor.

«Entonces, ¿entra o no entra?»

Manuel Pérez se toca el rostro, se hace una máscara con sus manos letradas.

«Entra.»

Perfil

He rebasado ya la edad que tenía mi padre cuando murió. Nací por tanto hace ya muchos años. Buscando para mí una vida paralela, como las que diseñó Plutarco, no sabría cuál elegir. Tuve una vida oscura, algún destello singular: fui músico, ejercí oficios varios, escribía encorvado y secreto, estudié letras superiores, viví algún tiempo fuera de España, matrimonio, dos hijos, trabajo estable, publiqué algunos libros, poco más. Podría compararme con algún río de curso irresoluto que salga al fin a un llano y quede expuesto, siempre discretamente, a sequías y desmadres. Mi signo es la intermitencia; mi pasión, cierta variedad de tendencias que me impiden el disfrute de mí mismo, y cuyo símbolo encomiendo a un cruce de veredas; mi dulzura es la naturaleza y el verano, que es tanto como decir la melancolía de la infancia; mi dolor es la insatisfacción crónica y la repentina falta de entusiasmo; la literatura ha acabado por ser, después de la tormenta, una reparación de daños. Cierta afec-

ción a la soñolencia, unida a la renuncia a descubrir en mí el reino de Jauja, me inclinan a pensar que el cordaje vital se me ha aflojado y estoy en la hora en que las melodías no son ni dulces ni arrebatadoras, sino sólo el son del agua que fluye y pasa bajo el sueño. Ya raramente me duelen las palabras, y los quiebros de la sintaxis no me hieren. Tampoco doy la talla, por mi condición o imagen, para ser estimado como náufrago. Los frutos de mis ocios no son testimoniales porque no soy noticia ni cifra ni tengo... esa ruda manera de no aceptar..., esa pasión del alquimista..., esa pasión que hace de la existencia un eslabón donde cualquier objeto arranca chispas... En fin, cerremos aquí este balbuceo.

No entiendo el mundo, no lo abarco. Veo un árbol y un sistema político, digamos, pero eso es todo, cada cual por su lado: fragmentos, calderilla, cordeles. La sociología, como perro, me ha mordido en las nalgas y yo me he revuelto y me defiendo a voces o a silbidos. Leo cada día periódicos como si recibiese encima unas mondas de patatas, mayonesa y restos de fideos. Yo no debería salir a lugares de alterne, porque lo que me dan y oigo me impiden luego intentar un brinco de arlequín. Hay ciertas noticias que merecerían ser tratadas con la santa ira de la inocencia, y no con la complejidad intelectual que las admite a trámite, les ofrece su casa. Habría que detenerlas en la puerta y decir: «El señor no está, vuelva usted

mañana, como se le advirtió hace ya tanto tiempo».
Un brinco de arlequín.
Pero tampoco es fácil conseguir ser, en la soledad, noble. También para este logro hace falta carácter y fortuna, y que esa vivienda que llamamos soledad no esté instalada en una esquina de tanta algarabía. Casa entonces de nadie, donde entran, salen viajeros, hay portazos, miradas seductoras, gente que trae en los ojos la luz de tierras nunca vistas y entran un rato a descansar en mi vivienda. Los oigo. El más humilde intruso estornuda en el baño. El altivo silba y se prueba camisas: lo oigo mirarse en el espejo. Quizá ante tanto hospedaje y alegre juventud, uno quisiera irse a vivir a una ciudad antigua, no grande ni pequeña sino de una dimensión apenas dulce, donde los tranvías no lograran escapar de la lluvia pero unieran algunos barrios con estilo propio. Una ciudad que pudiera ataviarse con banderas y que encogiera un poco en el invierno. Allí trabajaría yo en una trastienda, haciendo cucuruchos de papel para llevar castañas o corrigiendo prosas oficiales, es decir: sería laboralmente invisible. Una ocupación ínfima pero donde tuviera mis dominios, un sótano, un campanario, algo que me permitiera ser jorobado o fantasma pero a mi modo soberano.
Luego, tomaría el tranvía y viajaría agarrado a un hierro, me dejaría llevar por calles de artesanos,

por plazas con estatuas. Dejaría atrás algunas luces. Bajando, allí a la vuelta, estaría mi vivienda. Y quizá allí yo pudiera escribir como yo soy, qué gran invento ese, dejar en cada frase, más que la voz, el gesto que antecede a la voz, y más que decir, llorar la pérdida de lo que muere al ser nombrado. Como el amante que sustenta el amor con el cuchillo, el vano fruto de la mano que engendró la caricia, y un retumbar de palabras terribles que nada dicen pero que no dejan nunca de decir lo que saben, como las olas, como la plegaria que del corazón yerra el camino hasta los labios y se resuelve ¿en qué?, no en suspiro ni en balbuceo sino sólo en plegaria. En resto neto de naufragio. Si uno pudiera en cada frase naufragar y ofrecer sólo los despojos. Morir aquí y aparecer más tarde. Apurar las palabras como el pájaro la última plata de la tarde. Rey en tu enredadera. Meter la mano bien adentro y sacar cosas calientes, tibios latidos, cáscaras roídas, el nulo acontecer de la mano vacía pero nunca cobarde. Decir «plata» con el apenas gesto del poderoso que concede la mitad de su reino... Y basta, basta ya de prosa, o de balbuceo, o de plegaria tamboril.

El país de Maricastaña

Durante una época de su vida de escritor, Manuel Pérez fue elaborando un conjunto de normas, de consejos estéticos que se daba a sí mismo: una especie de recetario que, más que en hallazgos, está inspirado en errores que no quería volver a cometer. Son unas doscientas anotaciones breves, donde refleja algunas de sus convicciones e incertidumbres literarias. No hace mucho las encontró en uno de sus cuadernos de entonces y al leerlas se llenó de pudor y ternura y recordó etapas de su vida de escritor que tenía ya casi olvidadas. La mayoría son muy inocentes. Por ejemplo, la norma 13 dice: «No pintar la cosa, sino el efecto que produce», que es una frase quizá de Mallarmé. Otra advierte: «No pienses con conceptos ni palabras sino con imágenes». Otras observaciones son de tipo técnico, como por ejemplo la 23: «En cada frase hay que crear una expectativa que anuncie la frase siguiente y se resuelva en ella». La norma 17 es de las más juiciosas, y dice así: «Las palabras se gastan porque tenemos un conocimiento superficial o impersonal de las cosas. Cuando se conocen bien o apasionadamente las cosas a las que designan, los nombres no se gastan jamás». La 28 tampoco es manca: «Hay que conseguir expresar con precisión lo que es sutil, y con ambigüedad lo que es evidente». Y añade: «Huir de la rutina expresiva, pero nunca a costa de la exactitud. Todas las impertinencias posibles, pero ninguna gratuita».

De todas esas normas, sin embargo, quizá la más cándida y enigmática sea la número 2: «Acuérdate de que vives en un país lejano». Así dice, y alguna tarde Manuel recuerda que así fue precisamente como empezó su vida de escritor. Recuerda por ejemplo que cerca de su casa de niño había un pozo donde iban a tirarse por la noche los desesperados de amor. Y recuerda que un poco más lejos se extendía un olivar donde había muchísimas chicharras. Según su abuela, la misma que le contaba el cuento del pescador, las chicharras podían retrasar y hasta poner en peligro el amanecer, porque como se alimentaban de rocío, siempre existía el riesgo de que, cuando salía el primer sol, ellas se hubieran comido ya todos los brillos y los rayos no encontrasen entonces un asidero donde afirmarse y prender su lumbre. Así que era preciso acantonar gallos por aquella parte para que con sus cantos orientasen al sol y lo ayudasen a salir, y era por eso por lo que, en efecto, había tantos gallos cerca del olivar.

El niño Manuel vivía entonces con la esperanza de que un día el sol no acertara con su camino y él se quedase sin escuela. Pero al final siempre vencían los gallos. De modo que se vestía, cogía la cartera y el vasito para la leche americana y salía a la calle. Cerca de casa vivían un viejo y su nieta. El viejo era alto y grave, vestido de negro, y con pajarita, y con un bombín y unos botines que sólo muchos años después le llegaron a Manuel a parecer ridículos. Sin embargo, en la memoria surge a veces ataviado con levita, chaleco y bastón de paseo, elegante y liviano como para rendir visita a una marquesa. Manuel sospecha que este aspecto es deudor de un reloj de bolsillo cuya cadena le cruzaba un ala del chaleco y que continuamente consultaba no tanto para informarse de las horas como por el prestigio de andar en misteriosos tratos con el tiempo. Pero lo más probable es que, si ha llegado a recibir algunos atributos del Conejo

Blanco de Lewis Carroll y John Tenniel, se deba a su nieta: una niña rubia y repipona que sabía contar hasta más allá de mil y que, efectivamente, se llamaba Alicia.

Algunas mañanas iban juntos un trecho camino de la escuela, él a la nacional y ella a la de monjas. Cada uno por su acera pero a la misma altura, jugaba cada cual a contar los pasos del otro. Cuando llegaban a ochenta, que era hasta donde Manuel alcanzaba entonces, ella se volvía, sacaba la lengua y gritaba: «¡Ay, pobrecito Albacete!», y salía corriendo y contando muy deprisa los pasos: «¡Ochenta y uno, ochenta y dos, ochenta y tres, ochenta y cuatro...!», hasta que doblaba una esquina y su voz se iba borrando en la distancia.

Manuel seguía adelante y siempre daba un rodeo para pasar por el pozo y ver si había dentro algún muerto de amor. Luego entraba en la escuela, se sentaba en el pupitre y sacaba de la cajonera un cartelito donde ponía: «Albacete». Porque él entonces, desde luego, era sólo Albacete. La primera vez que fue a la escuela, su padre le dijo: «Y ya sabes, a ver si consigues ser Ceuta o Melilla, y si no puede ser, por lo menos Sevilla o Canarias». El maestro se llamaba don Fermín y tenía un caballo. Muy de mañana salía siempre a cabalgar un rato y, como el aula estaba en la planta baja, y como para entrar en la cuadra tenía que pasar forzosamente por allí, pues a veces irrumpía en la clase montado en el caballo. Y a veces aprovechaba ya para examinar los deberes o tomar la lección desde la montura. Era mutilado de guerra, tenía un ojo chafado y una mano ortopédica, y dividía la clase en zona nacional y zona republicana. Los primeros eran los listos y los otros los torpes, y todos empezaban de republicanos menos él, cuya misión consistía en liberar de la ignorancia a la zona rebelde. Según los muchachos iban pasando a la parte nacional, les iba adjudicando los nombres de las ciudades liberadas, y a los primeros en pasar, les llamaba Ceuta y Melilla. Al final del curso, quienes acabasen de republicanos suspendían, y los otros aprobaban, según la ciudad así la nota. Ya ven ustedes qué fácil era la pedagogía entonces.

El niño Manuel, estudiante mediano, nunca consiguió pasar de ciudades medianas, y cuando su padre le preguntaba al volver a casa qué ciudad era, él bajaba la cabeza y susurraba: «Albacete». El padre le daba entonces un coscorrón y le decía: «¡Ay, calamidad, calamidad, nunca llegarás a nada!». Que él no iba a llegar a nada lo tuvo siempre claro desde que su abuela le contaba cuentos y todos empezaban así: «Hace mucho tiempo, en un país lejano». De ahí dedujo que, viviendo en Alburquerque y en el tiempo actual, nada digno de asombro podía ocurrirle nunca. Todo lo maravilloso pasaba siempre lejos. De tarde en tarde llegaban viajeros del mundo del comercio y de la farándula que traían en los ojos la luz vertiginosa de otras tierras, y hablaban de una ciudad cuyas calles eran ríos, y de otra donde la noche duraba seis meses, y de otra donde había muchos estranguladores que se escondían en la niebla perpetua de sus calles y a cada momento se oían los gritos de las víctimas y los silbatos de alarma de los policías. Y todas esas maravillas las daba el estar lejos, y no había prodigio que no se debiera a la distancia, en tanto que allí en el pueblo y en los días iguales del mísero presente, la vida sólo podía ser un círculo del que no había modo de salir. Cada cual giraba en su redondel como los astros en los suyos. Semanas y meses se sucedían y repetían sin tregua. Como mucho, Manuel iba aprendiendo a contar hasta mil. Sólo los números parecían ir hacia delante, sólo aquella mezquina ilusión le concedían los dioses. Qué buen momento hubiera sido aquel para descubrir y leer de una vez por todas a los escritores existencialistas.

Cumplió los siete años. Y un día en la escuela, don Fermín le preguntó desde su montura: «¡A ver, Albacete!, ¿qué cosa grande es Dios?». Manuel no lo sabía pero vio a un compañero que, por entre las patas del caballo, empezó a hacerle señas. Fingía que fumaba un puro, exagerando el gesto como si fuese un banquero o un apoderado taurino. Entonces cayó en la cuenta. «Dios es el Espíritu Puro», proclamó. Y don Fermín le dijo: «Muy bien. Y, en premio, vas a elegir la ciudad que prefieras ser». Manuel bajó la cabeza y susurró: «El País de Maricastaña, don Fermín, ésa es la ciudad que yo quiero ser». Él entonces encabritó al caballo y montó en cólera: «¡Con España no hay bromas que valgan, rufián!», gritó, dándole con la vara de olivo. «¡En adelante, en castigo por tu cosmopolitismo, y ya para todo el curso, serás sólo Alburquerque!»

Y desde entonces, la niña Alicia se burlaba todavía más de él. Pero luego se vino a Madrid, pasaron los años y hoy Manuel sabe que era entonces, en la infancia, cuando vivía realmente en un país lejano, lleno de maravillas que no supo ver hasta que la nostalgia se lo ofreció en la lejanía, convertido ya en materia poética. Y de ese modo fue como, queriendo ser Maricastaña, llegó a ser simplemente Alburquerque.

Por eso decía en la norma número 2: «Acuérdate de que vives en un país lejano». Quizá con esa receta intentaba curarse contra la tentación del exotismo. Todavía recuerda que, en su adolescencia, los primeros cuentos o trozos de novela que escribió transcurrían en países remotos o en islas inventadas. Es decir: eludía su propio mundo porque pensaba que carecía de interés, y que había que buscar otros temas y otros espacios más prestigiosos y de más garantía literaria. Cuando leyó por primera vez a R.W. Emerson, en un librito de Austral que se titula *Ensayos escogidos*, encontró una frase que pasó de inmediato a ser la norma número 1: «Hay un momento en la formación de todo hombre en que llega a la convicción de que tiene que tomarse a sí mismo, bueno o malo, como su propia porción; que aunque el ancho mundo esté lleno de oro, no le llegará ni un grano de trigo por otro conducto que por el del trabajo que dedique al trozo de terreno que le ha tocado en suerte cultivar». A esa convicción se llega a veces a través de un largo camino. Y en ese camino Manuel Pérez ha ido tomando cosas de aquí y de allá, y ha saqueado otros terrenos y los seguirá saqueando, pero al final su ambición es retirarse por la noche a su terrenito y resignarse definitivamente a sí mismo.

El verbo, siempre el verbo

—No lo olvides nunca, Manolito, nunca: lo primero es el verbo, siempre el verbo. «*Arma dedi vobis, dederat Vulcanus Achilli.*» —Todo está en el verbo. De él sale todo lo demás. El sujeto, los complementos, el sentido entero de la frase. Tienes que dirigirte a él, saludarlo, preguntarle educadamente por su familia, ¿cómo está su sujeto?, ¿qué tal sus complementos?, ¿de qué tiempo y de qué persona viene usted hoy vestido?, ¿no será usted irregular? Si eres fino y cortés, él te dirá todo lo que sabe, que es mucho. Así que ya puedes empezar. Busca el verbo y dirígete a él.

Yo tenía quince años y alguna tarde de domingo subía a que don Claudio y doña Adela me diesen clases de latín. Nos sentábamos alrededor de una mesa camilla y enseguida la clase comenzaba a languidecer. Comenzaba enseguida a languidecer. En aquellos tiempos las tardes de domingo eran muy largas, mucho más que ahora, y nunca acababa de anochecer del todo. Don Claudio y doña Adela eran los dos muy viejos y olían a viejos a pesar de que aún les quedaba tiempo para jubilarse. Pero aquella vejez cercana ya a la decrepitud no les venía tanto de la edad como de los rigores de su oficio. Llevaban muchos años de profesores y la enseñanza los había ido gastando y postrando hasta la extenuación: no había más que verlos, sobre todo a don Claudio, que era profesor de Historia. Había perdido casi la voz, además de la fe en las palabras, de tanto explicar y repetir siempre lo mismo y de alzarla contra los murmullos y la indiferencia para lograr ser entendido y de desgañitarse aun para imponer silencio y orden en los pasillos, en el patio, en las aulas. De descifrar la mala letra de los exámenes y de sus propios apuntes cada vez más borrosos se había quedado cegato hacía ya tiempo. Y un poco sordo de la continua e invencible algarabía juvenil. Y definitivamente alelado de enfatizar lo obvio y razonar mil veces lo evidente. Miraba y a menudo el brillo del conocimiento tardaba mucho en llegar a sus ojos y cuando llegaba venía ya velado por el estupor. O por una bruma que quizá había sido escepticismo en otros tiempos y ahora era sólo vaciedad y cansancio. En eso había convertido la enseñanza a don Claudio y un poco también a doña Adela, a aquellos dos seres que no hacía tanto (y había fotos que lo atestiguaban y yo mismo había tenido ocasión de asistir a la última fase de su decadencia) eran fuertes, activos, risueños, y llenos de confianza y de fe en el porvenir y en su propia y exaltada misión.

Ella tenía el pelo blanco y deshilado con vagas transparencias malvas. A veces iba a hablar y las frases no le salían. Entonces tomaba carrerilla con los labios como si estuviera rascando un fósforo que no acababa de prender. «No lo olvides nunca, Manolito, nunca: lo primero es el verbo, siempre el verbo.»

A él, a don Claudio, sólo le quedaba un hilito de voz que le manaba de muy adentro de la garganta y tan ronco que le salía distorsionado, como de ultratumba. Toda la parte de la boca y de los mofletes se le había aflojado y finalmente desplomado haciéndole hocico. Y como tenía el labio inferior muy sobresaliente y siempre húmedo y con hebras y salivazos de tabaco y restos de comida, las palabras nada más salir ya naufragaban y chapoteaban en aquel tremedal. Y no conseguía expulsar con limpieza el mensaje del cuerpo. Los alumnos más aplicados tenían que acercarse mucho a la mesa e incluso sentarse en la tarima a sus pies para captar algo del discurso y poder tomar algún apunte. Si es que el discurso, aquel como devaneo de gato, conservaba algo de su sentido original. Por lo demás se había encogido un poco cada curso. De rebasar el respaldo del sillón ahora *apenas llegaba a rozar el borde con la calva. Sólo un poco el borde con la calva.*

Don Claudio era de Zamora. Conservaba allí una tierra que había heredado de sus padres con una casita de labor, un huerto, un hontanar y unas colmenas. Cosas ya muy lejanas. Y desde hacía tiempo don Claudio había cifrado toda su esperanza en trasladarse a su tierra de origen, cumplir allí los años que le quedaban para jubilarse y luego irse al campo y descansar definitivamente de la aventura pedagógica. A todas horas pensaba en el regreso y aquella fijación agravaba su aire inerme y ausente. A veces se encogía en su sillón y con las faldas de la camilla se arropaba hasta el cuello y en la expresión beatífica se le notaba que estaba en otra parte, oyendo acaso el viento en las higueras, el latir de algún agua secreta entre la umbría, el arrullo de las colmenas, lejos al fin de aquella Troya que fue para él el verbo y la enseñanza.

—A veces da la sensación, Manolito, de que vives en otro mundo, y así nunca conseguirás aprender gramática. Y no se puede andar por el mundo sin saber gramática. Sin gramática, sólo se piensan tonterías. Y serás siempre un pobre menestral. El verbo, Manolito, siempre el verbo. Tu futuro está en el verbo. Sólo de él puedes esperar una vida mejor. Y recuerda que él es el único que lo sabe todo sobre la frase. Él pone y quita, él hace y deshace. Él reina sobre sus accidentes

como una gallina sobre sus polluelos. Y deja que él te hable. Si sabes escuchar, él te dirá todos sus secretos, sin callarse ni uno. Vamos, escúchalo, a ver si logras entender su canción.

Y yo enredaba entonces en la frase, la tocaba aquí y allá con la punta del lápiz como si la frase fuese un plato de algo y yo un comensal inapetente. Porque a mí el verbo por más que lo interrogase nunca me decía nada. En el silencio laberíntico de la sintaxis yo empecé a extraviarme para siempre en el mundo. «*Arma dedi vobis, dederat Vulcanus Achilli.*» A veces creo que en esa frase o en cualquier otra parecida estaba contenido el germen de mi destino, el código genético de mi futuro, y que aquellas interminables tardes de domingo no han acabado nunca porque acaso eran sólo el preludio de la eternidad.

Un siglo en miniatura

Hasta muy tarde, casi con veinte años, Manuel Pérez no tuvo conciencia política. Sabía, eso sí, que había un dictador que habitaba en un palacio cercano en medio de un encinar muy bien abastecido de caza mayor. Sin embargo, aquel héroe, o aquel espantajo, le parecía tan inofensivo e irreal como verídicos e implacables eran los otros dictadores: su padre, los capataces, los jefes de personal de los talleres, ultramarinos y oficinas en que trabajaba por entonces. De ellos le venían los sopapos diarios, y ellos eran los que propiciaban aquellos madrugones laborales que Manuel tiene en el alma grabados a fuego para siempre. ¡Los amaneceres urbanos de los años sesenta! Cornetas de basureros sonando como alarmas portuarias entre las brumas industriales, hombres menudos con pelliza y peinados al agua, que tosían mucho y portaban sin gracia, como si fuese una herramienta, un atadijo con almuerzo; camionetas atestadas de gente sonámbula agarrada a los hierros, señores bajitos con bigotín sindicalista, curas de negro enterizo y zapatones de cadáver, chatarreros arreando el burro y cantando flamenco, y luego difusas perspectivas de solares, vertederos lunares, vías muertas, rebaños de ovejas y bloques de ladrillo. Pero por la tarde regresaba al barrio, que era su verdadera y única patria por entonces, y se emancipaba de las grisuras de la realidad a través de un sueño hecho de cine, motos deportivas, poesía modernista, novelas leídas o radiadas, enamoramientos tremebundos, música y, por supuesto, la ronda hombruna de amigotes al filo del atardecer.

Pero al día siguiente había que levantarse con el alba. Tenía dieciséis años y trabajaba en CLESA, central lechera, sección de contabilidad. Se vestía en la penumbra. Se abrochaba los zapatos a tientas mientras oía a su madre en la cocina preparando el café, y antes de incorporarse miraba un momento por la ventana que daba a la terraza y veía los cristales escarchados de frío, la primera luz turbia del amanecer, incapaz de sacarle aún perfiles a las cosas, la pequeña construcción de cemento con techo de uralita que pocos años atrás había servido de gallinero, las traseras ciegas de unos edificios sucios de ladrillo y poco más, y durante un instante intentaba cobrar ánimos para reconciliarse con el mundo, con la esperanza de una tarde infinita y ociosa (a lo mejor el Paraíso de los justos era eso) en que pudiera caminar con los amigos por el barrio, sin prisas, sin rumbo, o quedarse en casa viendo anochecer y escuchan-do en la radio las canciones de moda. Luego se levantaba con la lentitud y la suprema decisión de un personaje de tragedia que se sabe ya trágico y entraba en la cocina un poco deslumbrado por aquel cierto carácter laboral que tenía la luz eléctrica de entonces: bombillas de pocos vatios que nunca hubieran servido para alumbrar una tarea recreativa o intelectual sino sólo almuerzos silenciosos, lavatorios escuetos, esperas insolubles, o como mucho unas cuentas echadas a lápiz en el dorso de un librito de papel de fumar, una luz fúnebre que Manuel había visto en la sala de espera de una estación de ferrocarril de tercer orden y que antes aún había visto en su pueblo y que ya siempre quedaría en la memoria como la luz de la miseria, agregada a la de los candiles, carburos, linternas sordas de petróleo, quinqués y capuchinas, de las que la versión eléctrica venía a ser en el fondo una continuación fiel, como si, en efecto, el progreso técnico quedara allí desenmascarado, ilustrando paradójicamente sus contradicciones respecto al progreso moral, al hermano Abel de la historia eternamente repetida.

Hacia 1955, cuando Manuel era niño, en su pueblo sólo había dos horas diarias de luz eléctrica y mortecina. Bien es verdad que el pueblo había conocido en siglos remotos un cierto esplendor, y prueba de ello era el castillo, grande y fuerte, que unas veces fue moro y otras cristiano, dos iglesias de estilo, media docena de casas blasonadas, signos borrosos de una judería, unos garabatos prehistóricos, unas piedras romanas. Pero ahora (después de tanto tiempo, de tanta ilustración, de tanta filosofía y de tanta belleza) no había agua corriente. Tampoco había tren. La estación de ferrocarril más próxima quedaba a unos treinta kilómetros, por un canino sin asfaltar. Había tres o cuatro automóviles, algunas motocicletas, algunos teléfonos, y era casi un lujo tener un aparato de radio. La gente, salvo por el servicio militar, no viajaba. Quien nacía allí, allí solía vivir, y allí moría. Por lo demás, había una carretera que no llevaba a ningún lugar importante. Así que Alburquerque no era un sitio de paso hacia otra parte, ni siquiera eso, sino que se agotaba en su propia soledad histórica y geográfica. La llegada de un automóvil o de un forastero suponía un suceso excepcional.

Para que ustedes se hagan una idea de aquellas tierras y de aquellos tiempos, Manuel Pérez acostumbra a contar que una tarde de primavera estaba en la escuela dando clase de religión. El cura explicaba la historia de la espigadora Ruth (que no estaba exenta, dicho sea de paso, de cierto encanto erótico). De pronto se oyó el ruido insólito de un motor, y el cura, que era muy peludo y de carnes muy blancas, se levantó entonces y dio una fuerte palmada en el aire: «¡Hijos míos!», dijo, «¡ha llegado la Coca-Cola!». Todos se levantaron y vieron por la ventana que abajo, en la calle con suelo de tierra, donde había gallinas sueltas y un perro famélico, estaba estacionado un camión de Coca-Cola, y que el conductor y el ayudante llevaban caretas de dibujos animados. Uno iba enmascarado de Micky Mouse y el otro del pato Donald. Era la primera vez que Manuel veía a tan ilustres personajes. Y era también la primera vez que veía una botella de Coca-Cola. En aquellos tiempos la Coca-Cola se estaba difundiendo y promocionando por España, de manera que iban por los pueblos ofreciéndola gratis a la gente. Y lo que Manuel nunca podrá olvidar es la cara de estupor, de escándalo, de fascinación y de terror pánico del perro al ver al pato y al ratón. Todavía hoy, cuando ve alguna función de dibujos animados que quieren presentar un mundo pleno de inocencia (la inocencia de la naturaleza), Manuel piensa: No, vosotros no sois inocentes, el único inocente de verdad sigue siendo el perro; vosotros sois unos impostores, y se os nota demasiado la perversión de los adultos que os engendraron. Y se acuerda de Spinoza, que en alguna galería de su claro laberinto dice algo así como que la naturaleza nunca será cómplice de los delirios humanos.

«Ahora bien», dijo el cura, «sólo podrán tomar la Coca-Cola los que estén libres de pecado. Los otros, los impuros, los torpes de corazón, los maliciosos, tendrán que pasar antes por el confesionario». Y ése era precisamente el caso de Manuel. Había tenido, o creído tener, fantasías eróticas con la espigadora Ruth. Así que allí mismo, utilizando por confesionario la celosía de una especie de alacena que había en el aula sobreviviente a los tiempos en que aquel fue un espacio privado, se confesó de sus pecados (la espigadora Ruth violada, los padres deshonrados, los propósitos de enmienda dilatados para la vejez, lo hallado no restituido, la inocencia víctima ya de los delirios eclesiásticos), rezó la penitencia y, cuando acabó, corrió a la calle, pero la Coca-Cola se había acabado ya. Y no tuvo oportunidad de probarla hasta seis años después. Por si ustedes no lo saben, eso es lo que se llama un trauma infantil. Porque la Coca-Cola representaba entonces un mundo nuevo y maravilloso, una especie de paraíso custodiado por dos ángeles, Micky Mouse y el pato Donald. Un mundo al que Manuel, por sus pecados, no podía acceder. Él era entonces muy religioso, y desde entonces, no sólo le rezaba a la Virgen y al ángel de la guarda, sino también al ratón y al pato, que eran algo así como los enviados del reino divino a este mundo de lágrimas. Muchos años después supo que, en efecto, sus sospechas no iban del todo descaminadas.

Es posible que esta anécdota refleje bien aquellos tiempos fronterizos entre la mentalidad tradicional y la estrictamente contemporánea. De Alburquerque a Madrid hay unos cuatrocientos kilómetros. El viaje duraba entonces unas doce horas. Pero ese tiempo era engañoso, porque en realidad aquel era un viaje hacia el futuro. Uno salía del siglo XIX y, doce horas después, se encontraba de pronto en el siglo XX. Así que Manuel, como tantos otros, ha tenido una experiencia histórica excéntrica y privilegiada: entre 1955 y 1965 ha vivido más o menos un siglo de historia. Es decir, que pasó casi de golpe de la mentalidad rural y campesina a la mentalidad urbana e industrial. Ése fue uno de los signos de la España de los años sesenta, y los emigrantes, los que llegaron entonces de la periferia a las grandes ciudades atraídos por el progreso, vivieron ese fenómeno con una especial intensidad. Y por lo mismo, pasó de una cultura oral (llena de leyendas, de supersticiones, de vislumbres míticos) a una cultura visual y escrita. Por tanto, *Las mil y una noches* no es para Manuel un libro remoto en el tiempo. De niño él escuchó cientos de narraciones orales, y de viejos romances, que permanecían desde hacía siglos en la memoria colectiva. Así que Manuel es hijo de esa encrucijada entre dos mentalidades adversas. En *Puerca tierra*, de John Berger, hay un epílogo magistral donde se lee: «Despachar la experiencia campesina como algo que pertenece al pasado y es irrelevante para la vida moderna; imaginar que los miles de años de cultura campesina no dejan una herencia para el futuro, sencillamente porque ésta casi nunca ha tomado la forma de objetos perdurables; seguir manteniendo, como se ha mantenido durante siglos, que es algo marginal a la civilización; todo ello es negar el valor de demasiada historia y de demasiadas vidas. No se puede tachar una parte de la historia como el que traza una raya sobre una cuenta saldada».

Así que la cultura campesina (que es una cultura milenaria, y además indefensa, porque carece de un código que asegure su transmisión) está en trance de desaparecer. Muchos escritores de la generación de Manuel son también los últimos eslabones de una cadena que ahora se rompe para siempre. Ellos fueron los últimos que todavía recibieron el legado de sus mayores, y que escucharon la voz ancestral de la memoria. Luego se trasladaron a las grandes ciudades y tuvieron hijos que son ya vástagos puros de la cultura urbana. Quizá también ellos lo son ya. Pero en ese tránsito han devenido una especie de híbridos o de bastardos, y en algunas de sus novelas está el testimonio del encuentro dramático entre las dos mentalidades. Hijos de la espigadora Ruth y de Micky Mouse. De la Historia Sagrada y del cine de Hollywood. Hijos de un siglo en miniatura.

Entonces

He vuelto a los lugares de la infancia. Allí en aquel alto se sentaba mi padre, bajo el eucalipto o bajo el alcornoque, a mirar el camino o a echar sus cuentas en el librito de papel de fumar. Mi padre se pasó su vida adulta esperando algo y por eso tenía aquella manera laboral de sentarse. No se sentaba a descansar sino a esperar, y en sus ojos y en la tensión del torso y en el modo de asentar las piernas en el suelo había algo de tarea titánica, de atlante que sostiene sobre los hombros su enorme fardo existencial.

En días de mucho sol, vibraba la distancia. No se oía nada, y todo era una grande y abrumadora soledad. Pero él seguía mirando, angustiado. Por si viniera un coche, un caminante. La vida estaba siempre un poco más allá de donde él estuviera. Vestía de oscuro, pantalones de género, camisa blanca, cinturón que se ceñía sin trabilla, por debajo de la barriga. Aquella carretera venía del pueblo y enseguida se metía en Portugal. Era de tierra entonces. Una tie-

rra amarilla, que en verano criaba mucho polvo. Si había viento, aquel polvo amarillo se levantaba en nubes y caía después sobre los trigos, las higueras, la alberca. De pronto se formaba una tolvanera. ¡Qué gran acontecer! Mi padre se ponía en pie, daba unos pasos para ver bien aquel remolino lleno de pajas rubias subiendo al cielo, más y más alto, y al final sólo una explosión de chispas. Y luego la tristeza que sigue a lo que pudo ser y quedó en nada. La vida, que por un momento insinuó la promesa de la acción, de los días colmados, de los sueños cumplidos. Y otra vez la calma. La muerta calma de los días sin cauce, del tiempo sin orillas.

Por esa cuestecita que sube de la fuente a la casa llegaron un día muchos guardias civiles juntos. Yo estaba subido en la pernada de una encina a cuya sombra rumiaban dos bueyes. Me asusté tanto que creí que era otra vez la guerra. Todos aquellos hombres con botas negras viniendo hacia la casa. Aquellas capas hurtadas al viento. Aquel andar no ya sobre la tierra del camino sino sobre la corteza misma del planeta. ¿Quién podría detener aquel avance? Nadie, ni ingleses ni franceses. El mundo entero se veía desde la rama de la encina.

Y allí en aquel cabezo estaba el caserío de Pache. Allí se hacían bailes al son de algún acordeonista portugués y había una lonja donde se vendía de todo, estropajos, latas de escabeche, cartuchos, papel pegamoscas, pastillas para la salud, piedras de carburo, armónicas, trampas para pájaros, calendarios, camisas, de todo. No había necesidad que no encontrara allí remedio. *Allí concurrían hombres altos con capotes de juncos, y en verano calzados con sandalias de goma, gente de paso, gente fronteriza, arrayanos sin patria, llevados y traídos por la vida, con pajas rubias en el pelo de dormir en pajares o al raso, y una mirada clara en el rostro curtido de intemperies. Y en ese ir y venir ocurría el milagro de la supervivencia. De su carne y de su sangre comían todos, y ellos se alimentaban de viento, y unos garbanzos con tocino y gazpacho. A un acordeonista portugués lo persiguió una noche un lobo, y luego dos, y hasta tres, mientras él los mantenía a raya tocando sin parar todo su repertorio.*

En ese caserío se suicidó Agustín Pache, que era bajito y descomponía la boca al hablar, la chafaba como si lo deslumbrara el sol. Cargó la escopeta, se puso el cañón en la boca que tanto había callado, que tantos asombros había representado, y con un garabato choricero apretó al gatillo y concluyó su vida, la historia que nadie contará.

Y allí está ese monte sucio de jaras y chaparros donde mi padre mató una vez una pareja de milanos. Allí los lobos se comieron al burro aquel del cuento del rebuzno. Bastaría con esto para colmar el afán de paz y de belleza: el moradito nuevo del cantueso, el amarillo entre irreal y comestible de la retama, el blanco rugoso de las jaras, el verde oro de las encinas florecidas. ¡Y hay tantos caminitos por todas partes! Mi padre me hace señas imperiosas desde el eucalipto. ¿Qué haces tú por aquí, compañero? Pues ya ves, vine por la carretera, pero no por ésa sino por la del tiempo, y fíjate, dentro de nada ya tendré tu edad y te dejaré atrás. Y entonces tú estarás más muerto que nunca, muerto ya para siempre, ya sin hijo y sin nada, sin nada que mirar ni esperar, y sin siquiera un pobre entonces... Ni siquiera un entonces.

El laberinto de papel

Hubo un tiempo en que a los escolares les hacían aprender de memoria las ocho maravillas oficiales del mundo. Uno cogía carrerilla, comenzaba por las pirámides de Egipto, pasaba por el Coloso de Rodas, la Muralla China y los jardines de Semíramis y concluía, cómo no, en El Escorial, que era una maravilla apócrifa, agregada rumbosamente a las otras por los ideólogos del franquismo. Así de sencillo era entonces. De la misma manera que había siete pecados capitales, siete virtudes, tres Gracias, nueve Musas, un solo Dios verdadero y Tres Personas distintas, así también había ocho maravillas del mundo, ni una más ni una menos.

Manuel Pérez suele recordar esta estampa infantil porque hay una novena maravilla que él, y otros muchos de su generación, empezaron a descubrir conscientemente hacia finales de los años sesenta. Dicho en pocas palabras: desde la invención de la imprenta a nuestros días, el hombre (o, para ser más exactos, la burguesía) ha creado un laberinto ante el cual las ocho maravillas juntas son un juego de niños. Ese laberinto, claro está, es de papel. McLuhan lo llamó galaxia Gutenberg. Desde cierto punto de vista intelectual, el mundo es una enorme biblioteca. Los libros se aluden unos a otros: se invocan, se refutan, se amplían, tienden entre sí puentes invisibles, hay pasadizos que comunican los libros de tu casa con los que tu amante o tu enemigo tienen en las suyas, y también hay pasadizos en el tiempo que unen nuestros libros con los que tuvieron y frecuentaron Goethe o Galdós. Todo eso ha creado una urdimbre de afinidades intelectuales, de sobrentendidos, de querellas..., en fin, un repertorio inagotable de vínculos y agravios afectivos. Es más, Manuel tiene la convicción de que a Berta, la hija que tuvo Emma Bovary y de la que apenas se habla en la novela, la volvemos a encontrar años más tarde convertida en Nora, la heroína de *Casa de muñecas*, de Ibsen, la cual a su vez tuvo otra hija, que fue Greta Garbo. Greta Garbo, siguiendo el ejemplo de su abuela y de su madre, viste pantalones y camisas holgadas, fuma con solvencia viril, se corta el pelo a lo *garçon*, disimula los senos y las caderas y atenta así contra la imagen exclusivamente maternal de la mujer. A Emma y a Nora les hubiese gustado ser Greta, y sus rebeldías más o menos frustradas las viene a cumplir su descendiente mucho tiempo después, cuando esa rebeldía es históricamente posible. Y también Manuel reconoce a Edipo por la inconfundible fatalidad con que, cegado esta vez por el sol, comete un crimen en una playa solitaria de Argel, convertido en Mersault, el héroe de Camus. Los libros, todos juntos, parecen formar un único libro infinito, como quería Borges.

Pues bien, fue hacia 1970 cuando Manuel y otros muchos empezaron a descubrir esa novena maravilla: a vislumbrar zonas enormes de la cultura europea y americana que el franquismo, como tantas otras cosas, les había arrebatado. Fue entonces cuando decidió hacerse escritor. Es decir: quedarse a vivir ya para siempre dentro del laberinto de papel. Un día descubrían a Camus, otro día a Faulkner, y luego a Darwin, y de pronto a Rulfo, a Barthes, a Brecht. Eso empezó a ocurrir en España por los años sesenta, coincidiendo con la llegada del turismo y de los primeros coches utilitarios. Por esas mismas fechas apareció un libro que causó un gran revuelo: *La galaxia Gutenberg*, de McLuhan. Allí se nos dice que, después de cinco siglos de imprenta, hemos llegado al final de la cultura impresa, del laberinto de papel, que ya no se puede excavar ninguna galería más, y que ya sólo queda para ese prodigio la dignidad de las ruinas.

España es un país sumamente curioso. Véase si no: cuando por todo el mundo industrial se inauguraron oficialmente las exequias por la cultura impresa, aquí empezaba a difundirse el libro de bolsillo. Extraña contradicción. Nuestra historia, tan proclive a los hiatos y a los anacronismos, nos concede a veces el privilegio de llegar vestidos de fiesta a los funerales y de riguroso luto a las parrandas. Pero esta vez nuestra impuntualidad histórica quiso que el atuendo festivo resultase oportuno e incluso profético. Porque, visto a la distancia, *La galaxia Gutenberg* puede interpretarse como un homenaje secreto o negligente a la literatura. Leemos allí que la imprenta impuso una manera lineal de percibir la realidad (y así, por ejemplo, una media de nailon, con sus rayas, y un libro, con sus líneas, están concebidos según el mismo patrón mental), en tanto que la galaxia eléctrica propone una percepción simultánea de la realidad (por ejemplo, el cubismo, el *collage*, los caligramas de Apollinaire). Y asegura McLuhan que la galaxia eléctrica está a punto de sustituir a la tipográfica. Para hacer extensiva la deducción al mundo de la costura, advierte también McLuhan que el *hoola-hoop* supone la conversión secreta e inconsciente de la rueda en minifalda, y que como ésta la usan las tribus primitivas, el juego del aro en la cintura anuncia la vuelta irremediable a la sociedad tribal. A la larga, Manuel sospecha que lo que McLuhan ha demostrado es que todavía se pueden escribir buenas historias, y que el género apocalíptico está aún muy lejos de agotarse. Es más: la galaxia bibliográfica que ha generado su teoría ha contribuido a desmentir el pronóstico, y su vaticinio ha sido algo así como intentar apagar el fuego con más leña.

No deja de ser tampoco, si no una contradicción sí al menos un sarcasmo, que fuese precisamente por esos años cuando muchos como Manuel comenzaban a descubrir a ese ilustre difunto, que otros estaban ya enterrando con todo lujo de responsos. Eran los tiempos en que las aguas negras de la posguerra empezaban a juntarse con las turbias y prometedoras de la explosión urbana e industrial, de modo que, en efecto, fueron muchos los que en aquellos años fronterizos saltaron en marcha de los viejos tiempos a los nuevos, como los forajidos que salteaban los trenes a caballo, sólo que aquí el botín era en principio el bachiller y los idiomas. O, si se prefiere, la cultura, que ha sido al fin y al cabo el mejor redentor de los burgueses de medio pelo desde la Enciclopedia a nuestros días.

Tenían por esas fechas dieciocho o veinticuatro años, y algunos más de treinta, y andaban siempre con sueño atrasado y con una desinformación intelectual que, a juzgar por la hambruna de las ilusiones y el estruendo de los ecos, empezaba ya a ser lo que ahora es: tardía y enciclopédica. Casi todos trabajaban por el día en algún banco o casa de comercio, y al anochecer se apresuraban por pasajes y andenes hasta alcanzar el portal tenebroso de una academia nocturna y adentrarse por él en las penumbras de la galaxia Gutenberg. Subiendo aquellas escaleras oscuras y crujientes, Manuel se sentía de pronto solidario con don Quijote, que es el primero que entra en el laberinto de papel y hace de él su casa natural. Y del mismo modo que don Quijote aprende a actuar en los libros, Manuel aprendía también a enamorarse en los libros. Los libros lo habían enseñado a ritualizar el amor, y ciertos idilios de su adolescencia, o de su madurez, no hubieran sido posibles sin Bécquer o Neruda. En cuestiones sentimentales, ellos fueron para él lo que el *Amadís* fue para don Quijote o *El capital* para algunos marxistas. Y es que muchas de las experiencias fundamentales del hombre moderno proceden inevitablemente de los libros. Y esto ocurre aun entre gente que apenas ha tratado con ellos, porque los libros flotan en el aire y se incorporan al sentir general, y forman parte de nuestro carácter y saber más de lo que creemos. Como alguien dijo, no recuerdo quién, los libros son como el oxígeno: podremos ignorar lo que es, e incluso que existe, pero lo respiramos. Y lo mismo la filosofía: podremos no haber leído a Platón, a Kant o a Marx, pero sus ideas nos llegan del ambiente, están en el aire, en el propio lenguaje. Habitan parasitariamente en la memoria colectiva. Es un saber difuso, al que nadie escapa. Por eso a veces leemos un libro y descubrimos con placer y sorpresa que, confusamente, lo que allí se dice ya lo sabíamos nosotros, aunque desconocemos de dónde nos llegó. Por eso decía Faustino Cordón que debe de haber muchos conductores de autobús aristotélicos. Y aún podría añadirse que entre la gente más o menos iletrada que cuenta sus experiencias, uno puede jugar a descubrir influencias de Conrad, de Quevedo o de Shakespeare.

Y ahora Manuel recuerda que, cuando su abuela le contaba los cuentos, él la interrumpía a veces para preguntarle detalles no previstos en el relato. ¿Y Juan Soldado fue también a la escuela como yo? ¿Y qué hace ahora que es viejo? Y la obligaba a dar saltos en el tiempo y a contar como Faulkner. ¿Y qué es lo que pensó exactamente el príncipe cuando entró en la cueva del dragón? Y la obligaba a explorar las sensaciones más sutiles de la memoria y la conciencia, como si fuese Proust. A veces Manuel piensa que entre su abuela y él, años antes de *Tiempo de silencio* y de Benet y de Juan Goytisolo, renovaron a su modo la narrativa española.

Y es que los dos vivían ya entonces, sin saberlo, dentro del laberinto de papel.

Una de marineros

No olvides la noticia que hoy te trae la memoria, los tiempos aquellos en que casi nadie en el pueblo había visto el mar y teníamos un tonto que se llamaba Esteban y quería ser marino. La cosa ocurrió más o menos así. Esteban era al principio un muchacho bueno y servicial, con todas las facultades del alma en orden. Hizo la mili en Madrid, y le quedaba un mes para licenciarse cuando una tarde se vistió de paisano y se dirigió a la puerta del cuartel. Allí lo detuvo el control.

—¡Pero si tú no te puedes ir! —le dijeron.

—Que sí, que sí, que yo me voy.

—Pero ¿adónde?

—Pues primero a casa —contestó él—, a cuidar de unos borregos que tenemos y de un olivarcito con uvas, y luego, enseguida, me iré al mar a ver los delfines y los archipiélagos.

Salió el oficial de guardia y, como Esteban seguía con su estribillo, mandó a buscar al enfermero. Éste vino y lo sacudió. Pero Esteban dijo: «¡Tomar rizos! ¡Timón a estribor! ¡Izar el trinquete! ¡Ancla a pique!», y otras voces de mando.

Así que lo llevaron al botiquín y le dieron una pastilla revuelta en agua.

—Vamos a ver, ¿adónde quieres ir tú? —le preguntaron.

—Pues al mar —contestó él—, a enrolarme de timonel, a silbar fuerte, a dejarme barba, a fumar en pipa y a escupir por el colmillo.

Pero (y esto era lo raro) no hablaba con pasión sino como si recordase un deber enojoso. Entre dos lo tumbaron en una camilla y le desabrocharon la camisa. «Descansa», le dijeron.

Era un día soleado de invierno. Esteban no entendía por qué lo habían acostado allí, tan lejos del mar. Pero al ratito pensó si no estaría ya en el barco y si aquella ventana no sería la del camarote. Y empezó a moverse con las olas, y a silbar fuerte y a escupir por el colmillo. Así lo encontraron los dos hombres de blanco que entraron, le tomaron el pulso y le dieron unas guantaditas en la cara.

—¿Cómo te llamas?
—Esteban.
—¿Cuántos años tienes?
—Veinte —y enseñó dos veces los dedos.
—¿A qué compañía perteneces?

—A la cinco, grado de timonel —y cerró una mano.
—¿Cuántos hermanos tienes?
—Un hermano, una hermana y una hermanita —y escondió dos dedos.

Los dos hombres lo miraron, se miraron y se marcharon en silencio.

Esteban volvió a mirar por la ventana y a silbar fuerte, y antes de acabar la melodía ya iba acostado en una ambulancia militar. «Me llevan al mar, tengo yo razón», pensó. Pero no: entraron por una calzada entre setos y se detuvieron ante un edificio grande y con muchos cristales. Ahora corría acostado por un largo pasillo y giraba de pronto y entraba en una habitación enorme, con muchas camas en hileras.

Una semana después llegaron sus padres, el hermano, la hermana y la hermanita. Los médicos les dijeron que el muchacho había sufrido una conmoción pero que pronto se pondría bien: y fue verdad, porque enseguida Esteban se levantó, se cuadró a lo militar y declaró que era el número 97 de la Compañía 10 del tercer batallón. Y dijo que quería volver al cuartel, a cargar el fusil y a correr con él al hombro y a comer ensaladilla nacional.

—No sabe usted, madre, qué rica está esa ensaladilla, y usted, padre, me gustaría que me viese presentar armas y romper filas y desarmar el fusil yo solo, y *vosotras, hermanas, que me vieseis cuando voy a las duchas por la tarde en carrefila india.*

—*Tú te vienes ahora a cuidar de los borregos, que ya acabaste la mili y te han dado de baja* —*respondió el padre.*

—*Dile que no, madre, dile tú que todavía soy quinto.*

—*Ya no eres quinto, hijo* —*dijo la madre*—, *ya estás licenciado.*

—*¿Licenciado? ¿Licenciado como usted, padre?*

—*Sí* —*contestó el padre.*

—*Bueno* —*dijo Esteban*—, *pero que sepáis que yo no voy ya a cuidar los borregos. Yo quiero ser marino.*

—*Serás marino.*

—*De acuerdo. Te compraremos una gorra.*

—*Y una pipa.*

—*Y una pipa.*

—*Y un acordeón.*

—*Y un acordeón.*

—*Y un catalejo.*

—*Y un catalejo también.*

—*Ya sé hacer nudos y dar órdenes. ¿No veis que en el cuartel yo tenía un amigo de Valencia que era pescador en alta mar? Veréis* —*y se puso a gritar*—: *¡Arrear la cangreja! ¡Cuarenta grados a babor! ¡Izar el foque!*

Se vistió, salieron todos juntos y esa misma noche

llegaron al campo y cenaron a la luz del carburo. Desde entonces, Esteban cuidó de los borregos, pero no perdía ocasión de decir que, pasado el tiempo, llegaría a ser marino y se iría a vivir en una motora que hacía así: tuf-tuf-tuf, y tan bien imitaba aquel ruido que, quien lo oía, se echaba a reír como un niño, y Esteban entonces, ágil y contento, salía corriendo, tuf-tuf-tuf, y saltando por los olivares y rastrojos se alejaba brincando hasta confundirse con el horizonte, y por el horizonte saltaba, bordeándolo, y saltando volvía de nuevo, un día y otro día, junto a la casita paterna, y allí se paraba agotado, reía, tomaba aire para decir que ya pronto llegaría el día de irse al mar para siempre.
—¿Eh, padre?
Y el padre, que se asoleaba en alguna abrigada, respondía:
—Pronto, pronto, cuando llueva mucho mucho y se nos ahoguen todos los borregos.
Acuérdate de que ésta es, sobre poco más o menos, la historia del tonto Esteban, que nunca llegó a ver el mar.

¡El cuento o la vida!

Hay unos versitos que Manuel aprendió en la escuela y que nunca han dejado de intrigarle. Dicen así:

Admiróse un portugués
de ver que, en su tierna infancia,
todos los niños de Francia
supieran hablar francés.
«¡Arte diabólica es!»,
dijo, torciendo el mostacho,
«que para hablar en gabacho
un fidalgo en Portugal
llega a viejo, y lo habla mal,
y aquí lo parla un muchacho.»

Manuel siempre ha comprendido muy bien la admiración de este buen portugués, y no sólo en su infancia, sino que también ahora sigue admirándose secretamente de los niños ingleses o alemanes, o de los españoles, que hablan mejor su idioma que los viejos hispanistas extranjeros. Y también se sentía solidario con aquel personaje de Moliére que un día descubre, atónito, que toda su vida ha estado hablando en prosa sin saberlo. ¡Cómo!, viene a decir, cuando yo digo: Trae acá las pantuflas, ¿eso es prosa? Y se queda muy contento de esa pericia que él no creía poseer hasta entonces.

A Manuel nunca le han parecido tan atolondrados o superfluos esos dos motivos de estupor, y más bien cree que, bajo la comicidad, se esconden unas cuantas verdades obvias e inquietantes. Porque desde muy pronto, en efecto, adquirimos la lengua materna con una perfección pasmosa, manejamos felizmente las estructuras sintácticas y morfológicas, distinguimos sin error las sutiles diferencias entre los verbos *ser* y *estar* y sin embargo no hemos estudiado gramática para ello. Lo sabemos porque lo sabemos, un poco al modo de aquellos santos varones que recibían por arte angélico el don de lenguas o el dominio magistral de la apologética. Pero sucede, claro está, que a la sabiduría que se obtiene espontáneamente, y que además no es privativa de uno sino de toda la comunidad, no se le da importancia, y ni siquiera somos conscientes de ella. Si reparásemos, por ejemplo, en lo difícil que es andar, hablar, pensar y observar a nuestro alrededor al mismo tiempo, nos sorprenderíamos también de nuestra habilidad casi circense. En fin, que sabemos muchas cosas sin saber que las sabemos, y en esto consistía la didáctica de Sócrates: en hacer evidente al prójimo la consciencia de ese saber difuso.

Manuel piensa que algo similar ocurre también con la narración. Todos somos narradores y todos somos más o menos sabios en este arte. Si alguien tiene dudas al respecto, sólo debe reparar en que la mayor parte del tiempo que dedicamos a comunicarnos con los demás o con nosotros mismos, la ocupamos en contar lo que nos ha ocurrido, o lo que hemos soñado, imaginado o escuchado. O en recordar, que es también una forma de narración. Espontáneamente, instintivamente, el hombre es un narrador. Todos somos diariamente Simbad, aquel mercader que vivía en Bagdad y que un día se embarca para ir a negociar a lejanas tierras, sufre un naufragio y corre aventuras sin cuento. Y esto le sucedió siete veces. Luego, pasados los años, regresa definitivamente a Bagdad, retoma su vida ociosa y se dedica a contar sus andanzas a un breve auditorio de amigos. Bien mirado, se pregunta Manuel, ¿qué otra cosa hacemos todos diariamente? Simbad es Proust o Valle-Inclán, pero Simbad es también esa señora que vuelve del mercado y le cuenta a las vecinas lo que le acaba de pasar en la carnicería. Nadie sabe por qué, pero nos produce placer narrar, recrear con palabras lo que hemos vivido. Recrear: es decir, que nunca contamos fielmente los hechos, sino que siempre inventamos o modificamos algo, o lo que es lo mismo: a la experiencia real le añadimos la imaginaria, y eso es sobre todo lo que nos causa placer. El placer de añadir un cuerno al caballo y de que nos salga un unicornio. De ese modo, vivimos dos veces el mismo hecho: cuando lo vivimos y cuando lo contamos. A menudo pasa que, en la realidad, hemos representado papeles secundarios en un suceso. Al contarlo, sin embargo, nos reservamos el papel de protagonistas (aunque sólo sea porque lo contamos desde nuestra perspectiva). La realidad nos pone en nuestro sitio; luego, nosotros, por medio de la narración, ponemos a la realidad en el suyo. El mendigo deviene príncipe, la realidad se rinde ante el deseo, la vida se confunde por un instante con el sueño. Somos narradores por instinto de libertad, porque nos repugna la servidumbre de la propia condición humana en un mundo donde no suele haber sitio para nuestros afanes de verdad, de salvación y de plenitud. Y luego, si la historia merece la pena, el oyente se la contará a su vez a otra persona, y así sucesivamente, y en cada versión se agregarán nuevos detalles y se omitirán o corregirán otros, hasta alcanzar su forma definitiva y felizmente anónima.

La civilización le debe mucho a las historias. Por medio de la habladuría narrativa –del decir, del opinar, del chismorrear– la gente a veces logra convertir la vida, la experiencia, en relato. El relato es como un cofre donde guardamos trozos de vida, capaces así de ser trasmitidos a las generaciones venideras. De ese modo atesora la comunidad sus mejores o más significativas experiencias, que a veces se incorporan al propio lenguaje en forma de relato semántico. Y ésa es una gran fuente de conocimiento. Y, en cierto modo, de salvación. El relato sirve para que no se pierda del todo lo vivido. En el fondo, es una manera de oponerse a la muerte. Si fuésemos inmortales, quizá no contaríamos historias.

Las historias a veces nos recuerdan que contar no es un juego inocente. Por medio de historias mitológicas se han inventado patrias y dioses en nombre de los cuales se muere y se asesina. Scherazade se salva gracias a su talento narrativo, y en *Las mil y una noches* hay muchos personajes que escapan a la muerte gracias a que se saben una buena historia. Allí, los reyes más crueles se vuelven magnánimos cuando alguien los embauca con un relato bien urdido. No dicen: «¡La bolsa o la vida!», sino «¡el cuento o la vida!». Y es que las palabras, cuando están bien puestas unas detrás de otras, tienen un gran poder. Celestina embrolla a sus víctimas con palabras, y ésa es su mejor magia. Don Quijote y Emma Bovary pierden el norte de la realidad cotidiana, y fundan otra imaginaria, porque son lectores que también sucumben al hechizo de los relatos. Hasta Sancho, en la noche temerosa de los batanes, retiene a su amo con el señuelo de un cuento extravagante. Isaak Babel, en *Cuentos de Odesa,* pone en boca del narrador que se dispone a contar la historia de Benia Krik, el rey de los bandidos, el siguiente parlamento, dirigido al oyente:

«Olvide por un momento que hay unos lentes sobre su nariz y un otoño en su alma. Imagine por un momento que arma escándalo en las plazas y tartamudea ante el papel. Usted es un tigre, un león, un gato. Usted puede pasar la noche con una mujer rusa y la dejará contenta. Si al cielo y a la tierra les hubiesen puesto asas, usted agarraría esas asas y atraería el cielo hacia la tierra» (traducción de Augusto Vidal).

Tal es el prólogo del narrador antes de empezar a contar. Y es verdad que las buenas historias son poderosas, y nos convierten en tigres, y nos hacen olvidar que tenemos un otoño en el alma.

Una de las mujeres más atractivas e infortunadas de la literatura fue seducida por las historias que le contaba un hombre mayor que ella, y que además era feo y bárbaro. Ella se llamaba Desdémona, y él Otelo.

Otelo se ha casado en secreto con Desdémona, y los nobles de Venecia lo detienen por mago y corruptor, pues sólo la magia puede explicar que Desdémona se haya prendado de un ser «hecho para inspirar temor más que deleite». ¿Queréis saber cuál es mi magia?, dice él. Las historias que le conté. No sólo a ella, también al padre: a los dos los hechiza con la magia de la narración.

«Yo le contaba mi historia entera desde los días de mi infancia (...), le hacía relación de muchos azares desastrosos, de accidentes patéticos por mar y tierra, de cómo había escapado por el espesor de un cabello a una muerte inminente (...). Hacía mención de vastos antros y de desiertos estériles, de canteras salvajes, de peñascos y de montañas cuyas cimas tocaban el cielo.»

Todo eso se lo cuenta a su padre. Pero Desdémona está por allí, yendo y viniendo por la casa, y a veces se detiene a escuchar y oye retazos de esas historias magníficas. Otelo, consciente de su poder de narrador, encuentra el modo de contarle esas historias a ella sola.

«Le robé lágrimas, cuando hablaba de alguno de los dolorosos golpes que habían herido mi juventud. Acabada mi historia, me dio por mis trabajos un mundo de suspiros. Juró que era extraño, que en verdad era extraño hasta el exceso, que era lamentable, asombrosamente lamentable (...). Me dio las gracias y me dijo que si tenía un amigo que la amara me invitaba a contarle mi historia, y que ello bastaría para que se casase con él. Me amó por los peligros que había corrido y yo la amé por la piedad que mostró por ellos. Ésta es la única brujería que he empleado» (traducción de Astrana Marín).

Y ésa es también, claro está, la brujería de Shakespeare. Shakespeare nos seduce a nosotros como Otelo a Desdémona.

Pero ahora viene la segunda parte de la historia, que son los relatos que Otelo (con la ayuda inapreciable de Iago, que acaso es el mayor bellaco que ha dado la literatura) se cuenta a sí mismo, y de los que también él es víctima. Otelo, con su poder narrativo, transforma imaginariamente a Desdémona. Desdémona es pura e ingenua, y Otelo se entrega al placer terrible y fascinante de convertir a su mujer en una puta.

Así que Otelo le cuenta historias a Desdémona, Iago se las cuenta a Otelo, Otelo se las cuenta a sí mismo, y Shakespeare, todas hiladas, se las cuenta a un auditorio atónito.

Contar, contar, contar. Así que todos somos más o menos sabios en el arte de narrar antes de que los profesores nos inicien en la erudición de las técnicas narrativas (o tecniquerías, como decía Unamuno), del mismo modo que, desde la infancia, manejamos gentilmente la gramática por más que los lingüistas vengan después a demostrarnos que, hasta su advenimiento, hemos vivido en la más absoluta ignorancia gramatical. Manuel cree que existe en el hombre, desde su niñez, un saber espontáneo y difuso sobre el que quizá habría que construir, como una prolongación lógica y armoniosa, el edificio canónico del conocimiento. Pero a menudo, lo primero que se hace en la escuela es destruir el encanto y la espontaneidad y convertir al niño o al adolescente en un adulto prematuro. Se le pervierte estéticamente. Y qué decir del lenguaje: antes que aprovechar la pasión y la inventiva lingüística que hay en todo niño para fortalecer así su competencia idiomática (hablar y escribir como Dios manda), se le enseñan requilorios gramaticales. Manuel piensa que hay una cierta pedagogía insana, y un punto bellaca, que es cómplice del mal gusto que señorea hoy en nuestra sociedad.

Manuel recuerda a veces, a propósito de esto, cómo un día, un grupo de alumnos de bachillerato le contó en clase las experiencias de su viaje de fin de curso. Allí había simultaneidad (hablaban varios a la vez mezclando distintas secuencias del relato); ofrecían versiones alternadas del mismo hecho según el punto de vista de cada cual; combinaban la primera, la segunda y la tercera persona; unos contaban retrospectivamente y otros linealmente; daban saltos en el tiempo (uno anunciaba el final y otro decía:

«Sí, sí, pero espera, que antes hay que contar lo que pasó en el autobús»); se interrumpían unos a otros fragmentando el relato; utilizaban distintos registros: patético, irónico, notarial, burlesco, barrocos unos, clásicos otros y otros románticos y otros impresionistas; hacían cambios bruscos de perspectiva; incurrían en digresiones; a unos les gustaba narrar y a otros describir y a otros especular... Manuel puede jurar que ellos no habían leído a Joyce, ni a Thomas Mann, ni a Proust ni a Musil. Así que el profesor se prometió a sí mismo que, cuando tuviese que explicar algo de teoría narrativa, haría como Sócrates: despertarlos a la consciencia de un saber que ellos ya sabían pero que no sabían que lo sabían.

Y algo semejante ocurre, por poner otro ejemplo, con el tiempo narrativo. El tiempo de los libros, el tiempo escrito, se parece mucho al del recuerdo. *El diablo de la botella*, de Stevenson, es un relato que ocupa unos dos años y medio: treinta meses. De ellos, casi todos están despachados convencionalmente, y la verdadera acción ocupa unas cuantas horas de unos cuantos días, dispersos en esos treinta meses.

En la vida diaria y objetiva, sin embargo, no podemos omitir el tiempo anodino: lo tenemos que vivir todo, minuto a minuto. La vida, con su tiempo lento y a menudo vulgar, se nos antoja a veces una suma de peripecias irrelevantes. Pero si uno mira el pasado entonces advierte una trama de episodios significativos. La vida, de pronto, tiene un argumento, y se parece mucho a una novela: el tiempo gris ha desaparecido, o hace las veces de un hilo que uniese las perlas de nuestras mejores o más intensas experiencias. La vida, en el presente, es como un tapiz visto muy de cerca: no vemos sino las minucias y accidentes del entramado; cuando nos alejamos, distinguimos nítidamente sus figuras.

Así que la memoria selecciona y poetiza el pasado, y convierte nuestra vida en una obra de arte. Cuando recordamos, la memoria nos está ofreciendo una lección magistral y práctica de teoría literaria, de manejo del tiempo imaginario.

Con todo esto de que somos narradores y gramáticos poco menos que innatos, podría quizá pensarse que la pedagogía puede llegar a ser el asunto más sencillo del mundo cuando se conectan los contenidos con las experiencias de la vida, y cuando hay pasión, amor y sentido común. Y así debía de ser. Sin embargo, todos sabemos que el diablo dispone las cosas de otro modo.

El lector que Manuel es piensa a veces que la experiencia estética tiene mucho de revelación personal, y que en esa medida es intransferible y casi incomunicable. Y pone aquel ejemplo que aducía Tolstói de un ciego al que intentaban explicarle cómo era el color blanco. Es como la leche, le decían. Entonces, ¿se vierte?, preguntaba el ciego. Bueno, digamos que es como el papel. Luego entonces, ¿cruje? No, no, digamos que es como la nieve. Entonces, ¿es fría?, inquiría el pobre ciego. No había modo de transmitir aquella experiencia elemental. El profesor que Manuel es, sin embargo, es menos tajante y piensa que, a pesar de todo, algo se puede hacer: si no enseñar literatura, sí poner a los alumnos en disposición de dejarse seducir por ella. Los dos, con los años, han ido sucumbiendo a la paradoja de que la literatura se aprende, pero no se enseña.

Pero luego viene la realidad con sus rebajas. Y la realidad es que un alumno medio de bachillerato lee silabeando y a trompicones, tiene dificultades casi insalvables para entender el editorial de un periódico, escribe con oraciones simples donde apenas aparecen otros verbos que *ser* y *estar*, su bagaje léxico es de supervivencia, quiere explicar algo y no le alcanzan las palabras. Pero, eso sí, cuando salga a la calle, o cuando llegue a su casa, los hechiceros de la cultura de masas, en complicidad con la mayoría de los ciudadanos, le tendrán preparado el desquite por medio de algún espectáculo con el que hace tiempo que no consigue conectar la cultura escolar. Lo que la escuela enseña, el mal gusto social lo niega y escarnece. De ser el gran consejero áulico, la vieja y noble cultura humanística, y también la literatura, ha pasado a desempeñar funciones de bufón, y a competir desventajosamente con los otros bufones que ha aportado la más ínfima cultura de masas. Como mucho le queda aún el pálido resplandor de lo que un día fue: es un bufón cuyos chistes plantean todavía enigmas, y cuyo fulgor estético y moral puede llegar a provocar la alta emoción, y la alta amenidad, del arte y del conocimiento. Pero el hombre común de hoy está cansado de enigmas, y en cuanto a la emoción y amenidad estéticas, los otros bufones las proporcionan más baratas, cómodas y bonitas.

Manuel piensa que uno de los fundamentos de esa enorme trampa, de ese gran malentendido, es el abaratamiento de los placeres, la idea pueril de que la cultura es una forma como otra cualquiera de diversión. Leer es un acto lúdico, dijo alguien, y esa majadería se acató como dogma. Ya, ya, un acto lúdico. Manuel ha conocido a mucha gente eufórica cuando va al fútbol o a merendar al campo, pero apenas ha visto a nadie que, ante la perspectiva de una tarde consagrada a la lectura, diga: «¡Hala, a engolfarse en *La Celestina!*», o frotándose las manos de placer: «Y esta noche... ¡Petrarca!». No, Manuel cree más bien que la lectura a menudo es un placer que cuesta, aunque sólo sea porque supone aislamiento, concentración, esfuerzo, además de esclarecer o asumir incertidumbres, cosa que siendo placentera es también problemática, como cualquier actividad donde la mente y los sentidos han de estar alerta y a veces en tensión. Y es que hay cierta cultura que no se nos regala por obra y gracia de las experiencias espontáneas, como tampoco se nos da de balde la adquisición de un idioma o el manejo de un instrumento musical.

El profesor, hoy, empieza a tener algo de figura de época. Es uno de los últimos nexos que unen a la sociedad con la tradición. Y, sin embargo, pocas cosas hay tan necesarias hoy como enseñar historia, filosofía o literatura. Si ellas no consiguen civilizar a este mono que parece no acostumbrarse a vivir sin el rabo, nadie sabe qué otra cosa podría salvarlo. Particularmente, Manuel espera que no sean ni los dioses ni los caudillos. Porque de los lectores, de los profesores y de los escritores depende, aunque sólo sea remotamente, que a las generaciones futuras no las devoren las sirenas de la barbarie y del olvido. No otra cosa es lo que consiguió aquella viejecita que, debajo de un evónimo, un día le contó a un niño el cuento del pescador. Anónima la narradora, anónimo el cuento, anónimo el oyente. Anónimo también el profesor. Anónimos todos y finalmente todos necesarios.

El cuento o la vida: hoy más que nunca la escuela está bajo el signo fatal de Scherazade.

Un recuerdo enfermo

Yo tenía guardado un recuerdo a punto de extinguirse. De día trabajaba en un tercer piso, junto a unas cortinas negras. Mi jefe era un poderoso financiero, coleccionista de monedas, y había que escribir cartas a todos los lugares del mundo. Era una tarea ímproba. Grande y triste, yacía siempre en un lecho, aquejado de no sé qué dolores internos. Dejaba la puerta entreabierta y yo lo oía dormir y quejarse. Me decía: escribe a Londres o a Ceilán. Me decía también: creo que ya no llegaré a diciembre. Me decía siempre esas cosas y tardaba en pagarme. Yo salía al atardecer. Tenía una novia. La esperaba en la puerta de unos grandes almacenes, íbamos hasta el portal de su casa y allí nos despedíamos. Luego, yo regresaba solo. Recuerdo una farola, una pastelería y un solar. Las escaleras olían a rincones fríos y a gente acatarrada. En la pensión éramos cuatro. Había un estudiante de contabilidad y comercio, un lampista, un profesor de aritmética y yo. Comíamos juntos a *las diez. Al profesor le olían mucho los pies y llevaba siempre las uñas de las manos sucias. El lampista venía hambriento y todas las noches se quemaba la boca con la sopa. El estudiante removía el plato y acababa apartándolo con asco o con tristeza. La patrona presidía la mesa y decía continuamente que la vida era dura y que no tardaría en estallar otra guerra, que ya llevábamos mucho tiempo sin guerra. Enseguida nos acostábamos. El profesor hacía mucho ruido. Sufría de estreñimiento y debía esperar a que quedase libre el baño para encerrarse en él una hora larga. Cuando al fin cesaban los ruidos, yo me ponía a cuidar de mi recuerdo. Como un avaro su moneda de oro, así yo sacaba mi recuerdo y lo cuidaba para que no se me muriese. Era un recuerdo enfermo y trataba sobre un viaje en carro, sobre un lento amanecer de verano. Había viejas excitadas por el hervir de ollas, había zapes de gatos, había una cabra que comía de la mano, y en el corral un agua suelta fluía diáfana sobre una piedra. Fluía sobre una piedra. Había también una orza de garbanzos y una mujer los medía a puñados ni grandes ni pequeños. Íbamos de viaje. Había un carro dispuesto. Pero eran tantos los preparativos, tanto gritaban las mujeres, que nunca en treinta y seis años salíamos de casa. Siempre quedaba por hacer algún encargo urgente, por ejemplo una vieja buscaba su sombrero de paja y no lo hallaba sino al cabo de un tiempo excesivo para quien como yo tenía que madrugar también al otro día, y no para viajar en carro sino en metro, y no con cinco años sino con cuarenta y muchos, en tanto que los otros, las viejas, los hombres, las mulas, la cabra, ya habían muerto y, claro está, ya no tenían prisa por partir, les daba igual seguir esperando eternamente porque al fin tenían asegurada el alba de verano, el sombrero, el camino, el café con manteca. Y al otro día, yo era un hombre con traje y laborioso. A veces me cruzaba en el pasillo con los otros tres huéspedes. Cabizbajos, nos saludábamos. Hasta luego, adiós, cosas así. Eran días de invierno y la vida era dura. Y en todos lados se hablaba de una próxima guerra.*

Hay en todo esto un misterio grande que resolver. Me pregunto por qué las generaciones han cuidado tanto la memoria de Diógenes si Diógenes no escribió nada que se conserve, y de su filosofía sólo se saben anécdotas urbanas y reflejos de escuela. Lo de la lámpara, lo del tonel, lo que dijeron luego otros. Me pregunto por qué una hermana mía perdió la medalla de la Primera Comunión, el librito de nácar, una moneda antigua, y conservó sin embargo un ciervito de plástico que le tocó en un paquete de café. ¿Por qué olvidamos hechos decisivos, datos magníficos de mares y monarcas y recordamos el nombre de un gato, la forma de una nube, la tontería que dijo un payaso en el circo, el olor del invierno que perdura en un zócalo? ¿Conoceremos algún día la ley secreta e implacable que nos rige? Recordar a Diógenes y su tonel es ponernos todos de acuerdo sobre la forma de una nube que se borró hace siglos.

Conozco a gente que sólo tiene recuerdos fundamentales. Nada de gatos ni ciervitos, allí todo es nácar y monedas auténticas. Como el saber de manual, que ignora el verso suelto de un poeta menor pero de ningún modo la fecha en que apareció algún libro inmortal, así hay personas que han ido olvidando lo liviano y de sí mismas tienen un conocimiento de lo más académico, donde Diógenes no tiene apenas sitio. Mi pasado es un poco para mí una vivienda leve, hecha con despojos de un continuo naufragio, donde casi nunca se salva lo que más valor tiene.

La sinestesia: un malentendido poético

En sus relaciones con Londres, el *Amadís de Gaula* de Manuel fue una novela de Conrad que se titula *El agente secreto*. Está en la editorial Muchnik, muy bien traducida por Jorge Edwards. Hay en esa novela un personaje fascinante. Es un italiano que vende helados en Hyde Park, aunque en realidad su verdadera mercancía es otra: son panfletos incendiarios, donde invita a los ciudadanos a la destrucción del orden social, del mundo burgués, porque se trata de un iluminado, de un anarquista militante y extremo. Al parecer, este personaje estuvo exiliado en Argentina y en Estados Unidos, participó en la insurrección anarquista de Jerez de la Frontera, y luego anduvo preso en Inglaterra, en Francia y en Suiza. En fin, un personaje, como es fácil de adivinar, lleno de atractivos y de pasiones excluyentes, y muy del gusto de Conrad. La novela transcurre en Londres a finales del siglo XIX.

Pues bien, en sus clases de literatura, cuando hablaba del tránsito de la novela del XIX al XX, Manuel siempre ponía a este personaje como modelo de narración oblicua, de creación vigorosa y ambigua, de esa psicología inquietante del novelista de nuestro siglo, que construye sus personajes como un pintor que resaltara las sombras más que la luz: es decir, más los enigmas que los resortes lógicos de la conducta. «¡Leed *El agente secreto*!», les decía a sus alumnos, «y fijaos bien en el italiano de los helados, que es una de las criaturas más fuertes y apasionantes de la literatura contemporánea.» Y les daba detalles: cómo se disfrazaba para confundir a la policía, cómo proyectaba atentados tan absurdos como temerarios y cómo sobre todo ideaba un golpe de mano contra la astronomía. Esto es: hacer volar con una bomba el Observatorio de Greenwich.

Un día su proclama surtió efecto y un muchacho le comunicó que había empezado a leer la novela. «¿Ha aparecido ya el italiano?», le preguntó. «¿Todavía no? Pues cuando aparezca fíjate bien en él y ya me contarás tus impresiones.»

A la semana vuelve el lector y le dice a Manuel, confuso y alarmado, que ha acabado el libro y que no ha encontrado al italiano por ninguna parte, ni a nadie que vendiese helados con un carrito. «No puede ser», asegura Manuel incrédulo. El lector se reafirma en la ausencia del italiano y Manuel, esa misma noche, relee la novela. Según avanza, ya observa que no hay el menor síntoma de que vaya a aparecer el italiano; y, en efecto, no aparece. Manuel se queda estupefacto: ése era, desde luego, el ambiente: los anarquistas, Londres, fin de siglo, Hyde Park, el observatorio de Greenwich. En fin, que allí estaban todas las piezas menos la del maldito vendedor italiano de helados.

Después de mucho pensar, Manuel cayó en la cuenta de que quizá se le habían cruzado dos novelas, y que en el cruce uno de los personajes había saltado de una a otra. Así que se puso a la busca y captura de la verdadera identidad del polizón.

No es preciso contar todos los incidentes de la busca. Lo buscó en *La señora Dalloway*, de Virginia Woolf. La novela transcurre en junio: buena época para los helados. Siguió a la protagonista en sus paseos, la vio comprar guisantes de olor, pero no helados, y además allí no había ni rastro de anarquistas. Lo buscó en Henry James, y por supuesto no es que allí no hubiese anarquistas, es que los personajes de James no compran helados en los parques, sino que se los hacen servir en la mesa por los criados. Los buscó en Joyce (a lo mejor había confundido Londres con Dublín), en Thomas Hardy y hasta en Dickens, cosa absurda porque en tiempos de Dickens los italianos no habían internacionalizado aún su excelsa pasión por los helados. Como un detective que recorre una ciudad buscando a un sospechoso, así transitaba Manuel por el Londres imaginario de los libros, a la caza de un personaje que parecía haber huido por los estantes de una biblioteca.

Finalmente, abandonó las pesquisas. Y quiso la fortuna que un año después, hojeando libros, encontrase por fin al intruso. Se trataba de Enrico Malatesta (1857-1932), anarquista exaltado que, en efecto, vendió helados en las calles de Londres para ganarse la vida y para encubrir la propaganda clandestina. Manuel había leído algo de Malatesta en su adolescencia, y cuando algunos años después leyó *El agente secreto*, que trata precisamente de los anarquistas en Londres, lo incorporó inconscientemente a la novela. Es decir: había convertido a un personaje real en otro de ficción.

Luego Manuel fue a Londres, y recorrió sus

calles, sus parques y sus plazas. Pero cuando lo recuerda, el Londres real se mezcla, y a veces hasta se difumina, con el Londres que conoció mucho antes en la literatura. Los gigantes conviven al fin pacíficamente con los molinos. Y lo mismo le ocurre con el Montevideo de Onetti, o con el Madrid de Galdós, Baroja o Valle-Inclán. Y es que una ciudad no está del todo acabada hasta que los escritores o los pintores la colonizan imaginariamente. Pasear por Buenos Aires o Madrid es entonces un ejercicio real y un ejercicio de ficción, donde las calles se convierten en ríos temporales, y uno cree ver que los ciudadanos de hoy conviven o se confunden con los fantasmas no menos reales de ayer. Sin memoria, las ciudades carecerían de alma, y pasearíamos por ellas como sonámbulos en el limbo de la actualidad. Porque es cierto que una ciudad, ya se sabe, la conocemos más y mejor cuando la recordamos, y la nostalgia y la memoria nos la devuelven en clave poética. Ya lo dijo Valle-Inclán: «Las cosas no son como las vemos, sino como las recordamos».

A propósito de esto, de la confusión entre realidad y ficción, Manuel recuerda que la primera vez que leyó *Madame Bovary*, hizo un descubrimiento absurdo: en la alcoba donde muere

99

Emma olía intensamente a limón y a vainilla, y esa fragancia misteriosa sólo admitía ser descrita por dos adjetivos tan impertinentes como exactos: lujuriosa y metálica. Absurdo, en efecto, porque Flaubert no da ningún indicio, ni siquiera remoto, de ese olor. Durante algún tiempo le intrigó el origen de aquella experiencia singular: por qué él, por su cuenta, se obstinaba en un aroma apócrifo.

Un día, casualmente, descubrió su secreto. Fue al regresar a la casa de su infancia y al abrir una alacena en el desván. De golpe, allí, inconfundible, estaba el viejo y misterioso olor. Y allí, detrás de los útiles de dulcera de su madre, ya fuera de uso, había un libro, el único libro que hubo en casa y que, por su carácter licencioso, se escondía en aquel lugar. Manuel lo descubrió hacia los doce años y lo leía a hurtadillas, y luego volvía a dejarlo en su escondite, pero el olor a limón y a vainilla de los útiles de dulcería y el tibio tacto metálico de la batidora, el tamiz y los moldes quedaron unidos inevitablemente a la lectura. El libro era *La dama de las camelias*, y el olor de la alacena se incorporó a la agonía de Margarita Gautier. De ahí pasó a la muerte de otro ilustre personaje femenino, Emma Bovary, a quien Manuel identificó inconscientemente con la Gautier, y en la confusión también el aroma saltó de la alacena a un libro y, años después, de ese libro a otro libro. Así que ese olor exigía de dos extraños adjetivos: lujurioso y metálico. Esa figura retórica se llama sinestesia, que consiste en atribuir a un objeto cualidades que pertenecen a otro ámbito de la percepción: verde viento, dulce melodía. Porque ocurre que las cosas sólo pueden recordarse con fidelidad una vez. A la segunda, el recuerdo está ya contaminado por algún detalle de la primera evocación. Si yo rescato hoy un color de hace tres años y en ese instante oigo la risa de un niño, quizá cuando quiera recordar el color recordaré también la risa, y llegará el momento en que no se conciban el uno sin la otra, y entonces habré de decir: azul risueño, y juraré que es una expresión tan oportuna como exacta. El carácter imaginario del pasado nos convierte a todos en poetas. En la memoria se quiebra la linealidad del tiempo y sus pedazos se mezclan como si los barajásemos. Basta leer a Keats, a Leopardi, a Antonio Machado, a Proust, para advertir que la poesía es sobre todo el naufragio feliz de la memoria. Un olor es suficiente para reconstruir el reino perdido de la infancia.

Porque la sinestesia existe en la vida antes que en la literatura. La sinestesia es una experiencia vital, y surge de los rotos que el olvido va creando en la memoria. A Manuel le gusta ilustrar esto con el ejemplo de un barco donde viajan, muy alejados entre sí, un loro y un sombrero de copa. Es imposible que el sombrero y el loro lleguen a encontrarse. Pero he aquí que el barco naufraga, y entonces el loro encuentra su salvación instalándose de náufrago en el sombrero. Eso es exactamente una sinestesia. Y es que así funciona a veces la memoria: su naufragio en el tiempo permite que experiencias e impresiones alejadas entre sí se encuentren de pronto unidas indisolublemente. Sin memoria no habría sinestesia por la sencilla razón de que tampoco habría poesía.

Ingenio

Hoy se me ha venido a la cabeza un recuerdo muy viejo, de cuando hacía poco que yo tenía uso de razón. Yo iba corriendo por una placita con naranjos cuando una vieja que estaba sentada en un zaguán me chistó desde lo oscuro y me ordenó que me acercara. «Ya que has pasado por aquí alborotando, voy a darte un consejo para que no te vayas de vacío. Escucha bien y no lo olvides. Sé un hombre honrado, serio y trabajador, come sin ansia y acomódate a lo que veas. Los zapatos, siempre relucientes, y las uñas cortas y muy limpias. Pero sobre todo, y esto es lo más importante, ten fe en Dios, y nunca, por nada del mundo, seas un hombre ingenioso. ¡Y ahora, vete, barrabás, a armar ruido a otra parte!»

Y me he acordado de eso porque esta noche he tenido un sueño sucio y triste. En el sueño era «el día de Asturias» o algo así. Se festejaba a esa provincia. Yo había ido a la radio a hablar de Asturias y de lo asturiano, pero al rato, no sé cómo, estaba en otro *estudio con Rajoy, el ministro de Administraciones Territoriales, oía su voz con mucha claridad, y me invitaba a irme con él, y en general con el Gobierno, a hablar de Asturias a otra parte. Yo no sabía si irme con la radio o con el Gobierno. En esto, llamaron de la radio para urgirme a que me sumara a ellos. Creo que el que llamó era Iñaki Gabilondo. Yo dije: «No puedo. El Gobierno me tiene secuestrado. Figúrate», y todos los que me rodeaban se echaron a reír. Yo respiré aliviado. Me gustaba que la cosa se hubiera resuelto por el lado cómico. Es decir, me gustaba que yo no fuese sospechoso de derechismo y que, a la vez, yo pudiera irme con el Gobierno, que es lo que el yo del sueño deseaba en secreto. Yo quería juntarme con el poder sin que la oposición (la supuesta izquierda representada por Gabilondo) llegara a reprochármelo. Es más: con mi* boutade *(«el Gobierno me tiene secuestrado») yo aspiraba a que también los de la radio se rieran, y que cualquier sospecha quedara resuelta en esa risa unánime, en esa comicidad redentora. Porque es verdad que con el ingenio a veces intentamos crear un territorio franco donde refugiarnos del tiroteo ideológico. Recurrimos al humor, a la chuscada, como un modo grácil de sacudirnos de encima la continua invitación a la coherencia.*

Luego el ingenio, que es el irse de putas de la inteligencia un sábado noche, me ha inspirado al des-

pertar la siguiente utopía: proponer que la especie humana guarde absoluto silencio durante un año entero. Que sólo se oigan los ruidos de las tareas: motores, toses, carreras, gritos de placer o dolor, chirriar de puertas, zumbidos de ascensores, sirenas de ambulancias, mamporros de policía, gritos de parturientas. Un año de silencio. Volveríamos más atrás del principio, cuyo origen fue el verbo. Un año de castigo, un año dedicado a desagraviar a las palabras. Sólo ruidos e imágenes. Quizá el silencio nos hiciera mejores, o más sabios, porque la verdad, que tantas veces fue sólo una construcción retórica, también a veces rehúye el hospedaje gratis que ofrecen las palabras.

No, por nada del mundo intentes ser nunca un hombre ingenioso.

Pasadizo de San Ginés

Alguna vez Manuel ha pensado en que la literatura desaparezca del mundo para siempre, pero enseguida se ha consolado con la certeza de que, en efecto, podremos imaginar un mundo sin literatura, pero de ningún modo sin mesas redondas y congresos y cursos sobre literatura. Esto, a Manuel no le cabe en la cabeza. Es más: exaltado por esa convicción, se imagina sin dificultad que un día avanzado del siglo XXI, cuando parece que la cultura impresa tiene ya sus horas contadas, y sin anuncio previo, con ese repente de catástrofe con que suele asestar la historia sus mejores y más certeros golpes, ocurre que escritores, editores, distribuidores, libreros, lectores, profesores y críticos se levantan en armas contra la dictadura de la imagen. Forman patrullas de combate, toman los centros neurálgicos de las redes comunicativas, sabotean satélites y repetidores, detienen y fusilan en juicios sumarísimos a los presentadores de televisión, y un batallón de filólogos asalta y devasta esos Palacios de Invierno que serían la Metro o la ITT. Se liquida a los zares y, enseguida, en un proceso tan frenético y concatenado como el que desarticuló en un vuelo a los países socialistas, y cuyas fases y mecanismos en vano los historiadores de un futuro remoto intentarán reconstruir, se impone la dictadura mundial de la letra impresa.

De la noche a la mañana, un día nos enteramos de que un poeta lírico se ha alzado con la presidencia de los EE UU, en tanto que al sur, el resto de América empieza a aunarse al fin bajo el liderazgo de hierro de un dramaturgo experimental. Escindido en géneros literarios y en disciplinas humanísticas, el mundo amenaza con volver a la política de bloques y a la guerra fría, y en todos los países, salvo en aquellos donde algún gremio de letrados hubiera impuesto un régimen totalitario, surgirían partidos nunca vistos: el PC (Partido Costumbrista), la UEB (Unión de Editores de Bolsillo), la APE (Asociación de Profesores de Español), etcétera. Se provee de uniformes de campaña y armas automáticas a los bibliotecarios. Los profesores de literatura dan sus clases a punta de pistola.

Por donde pasa el caballo de un crítico literario, ahí no vuelve a crecer más la hierba de la imagen. Taxistas y albañiles habrían de revalidar sus puestos de trabajo con la demostración de haber leído con aprovechamiento doscientos libros y compuesto al menos un cuento o un soneto. No se pedirían ya *curriculum vitae* sino *curriculum retoricae*. Habría depuraciones, habría delaciones («mi vecino del tercero no ha leído a Galdós ni releído a Juan Goytisolo»), habría torturas, sambenitos y capirotes, habría insignias y carnés, y un nuevo fantasma recorrería el mundo: el de la literatura. Ingenieros informáticos y teleadictos empecinados («nostálgicos del pasado, reaccionarios», en definitiva) celebrarían reuniones clandestinas para ver anuncios de televisión y jugar a los videojuegos.

—Papá, ¿es verdad que antes existía una cosa que se llamaba televisión y que le dabas a un botón y salían marcianos y asesinos?

—¿Dónde has oído esa tontería?

—No sé, lo ha dicho en clase un profesor con barba.

—Anda, déjate de pamplinas y sigue leyendo *La perfecta casada*.

Bromas aparte, Manuel, que es profesor y escritor, no puede menos que soñar, en algún momento de desaliento, de puerilidad o de barbarie (por ejemplo cuando se topa con uno de esos programas brutalmente plebeyos de la televisión) con un desquite de estas proporciones. Mientras llega ese momento justiciero, Manuel escribe, lee y da clases de literatura. Y el caso es que desde hace unos años, su trayecto laboral lo obliga a cruzar casi todos los días ante el Pasadizo de San Ginés, que es un callejón rezagado en el tiempo que sube de Arenal a la plaza Mayor, en el Madrid antiguo, y donde hay un baratillo de libros. Son libros usados, y rematados a bajo precio. Algunos tuvieron su momento de gloria, y los recordamos como a ciertos astros de la canción que fueron famosos en nuestra adolescencia y de los que luego jamás volvió a saberse. A otros, la mayoría, no los rozó siquiera ese breve fulgor de eternidad. A Manuel le recuerdan un poco esas viejas fotografías donde los rostros ya borrados por la muerte aparecen allí risueños, confiados, invictos, con una voluntad de permanencia que quizá sea la cara de la más alta dignidad del nombre ante el ultraje de los dioses, que nos han hecho efímeros pero, al mismo tiempo, han sembrado en nosotros la semilla terrible de la inmortalidad. A Manuel le gusta entonces tomar al azar uno de esos libros, abrirlo a lo que salga y leer lentamente, una, dos, tres veces, una frase cualquiera. Intenta imaginarse el instante ardiente y esencial en que fue escrita, y su preludio de pasiones: el fervor y el esfuerzo con que acaso el autor urdió aquellas palabras, la tenacidad, la ambición, la incertidumbre, el coraje, el gozo, la voluntad de permanencia, el desaliento, y en fin, todas esas afecciones que rodean cualquier actividad artística. Por eso es bueno darse una vuelta de vez en cuando por el Pasadizo de San Ginés, y no sólo por la lección de humildad y de melancolía que uno recibe, sino también porque uno sale de allí fortalecido en sus convicciones de escritor. Ese escritor perdido en el olvido, como todos los escritores que lo son de verdad, quizá aspiró también a decir lo indecible. Y así es como a Manuel le gusta a veces definir el arte: como el intento de expresar lo inefable. Toda novela es sólo la sombra de otra, perfecta y arquetípica, que el escritor ha vislumbrado en sus ensueños. Lo decía Faulkner: todos los escritores norteamericanos de su generación, incluido él mismo, habían fracasado en el intento de «igualar el sueño, de alcanzar lo inalcanzable». Y añade que el «fracaso más grandioso fue el de Thomas Wolfe, que con enorme coraje trató de conseguir algo que él sabía que no podía lograr».

Hay dos cuentos de Borges, publicados en libros distintos, que debían ir juntos para ilustrar preceptivamente ese ciego afán propio de todo gran arte. Uno se titula *El aleph*. Alguien encuentra en el sótano de su casa un aleph: es decir, una esfera luminosa de unos dos centímetros de diámetro donde, milagrosamente, está contenido el mundo: todo el mundo, desde las huellas de Dios, si existieran, hasta la huella que deja un insecto en la arena de la playa más desolada del planeta. El dueño del aleph decide entonces componer un enorme poema donde dé cuenta de todo lo que el aleph encierra. Su tarea ingente recuerda inevitablemente a la de aquel emperador de la China que, no contento con la exactitud de los mapas al uso, mandó componer –construir– uno que ocupara la extensión entera de su imperio.

Pero, como observaban los griegos, lo perfecto ha de ser también cerrado, limitado. Esto es: debe contener solamente aquello que necesita para ser perfecto. Por tanto, no le debe sobrar nada. Lo infinito es defectuoso, y por eso las pretensiones del feliz poseedor del aleph nos resultan absurdas: no perseguía lo perfecto sino lo meramente ilimitado.

El otro cuento se titula *El espejo y la máscara:* un poeta, a petición de un rey, consigue elaborar un poema de un solo verso, tan ardiente y esencial que destruye a quien lo oye –del mismo modo que, según nos cuentan algunas historias sagradas, ninguna criatura puede contemplar impunemente la cara de Dios–. En ese verso, como en el aleph, está contenido también el mundo. Los dos poetas, el de la infinita enumeración y el de la no menos infinita omisión, persiguen lo mismo: decir lo indecible. Y es que una de las más viejas pesadillas del hombre es la de intentar meter el mundo en una novela, en un cuadro, en una sinfonía, en un tratado filosófico, en una fantasía mítica. La Torre de Babel, la lucha de Jacob y el ángel, el vue-lo de Ícaro, el canto de las sirenas, el paño de Penélope, la pretensión de convertir en realidad los ensueños caballerescos, la búsqueda del tiempo perdido, la enajenación de Thomas Wolfe, el gran teatro integral de Oklahoma, todas esas tentativas de trascender la condición humana, nos muestran quizá que los logros estéticos resaltan mejor cuanto más aparatoso es el fondo insoluble sobre el que se proyectan, siguiendo aquel principio solemne de la tragedia griega de que, cuanto más alto sube el héroe, más alta y magnífica será también la caída.

En esa pretensión de decir lo indecible, uno piensa al principio (y algunos lo siguen pensando siempre) que todo se reduce a una cuestión meramente estilística. Nos obstinamos en escribir entonces la página perfecta. Virtuosos, artesanales, llenos de esa superstición litúrgica de los antiguos sacerdotes, nos entregamos a la exaltación de la palabra, a la seducción del ritmo, al repujamiento febril de una frase. Luego, quiza nos damos cuenta de dos cosas: una, que ésa es una etapa fundamental para el aprendizaje literario; y otra, que ése es uno de los tantos espejismos que acechan incansablemente al escritor. De pronto un día acertamos a entender que hay muchas páginas de prosa más bien desaliñada pero que, sin embargo, resultan perfectas (razonablemente perfectas), en tanto que otras, de apariencia impecable, se agotan enseguida en el modesto prodigio de su brillantez. Uno, como dice Truman Capote, aprende pronto a diferenciar entre lo que es escribir bien y escribir mal, pero lo más difícil, y decisivo, es distinguir esa frontera sutil y tremenda que hay entre escribir bien y hacer una obra de arte. Esa línea es quizá la que separa a los escritores grandes de los otros. Y, sin embargo, antes que un escritor grande o chico, que esto quizá no depende de nosotros, uno tiene que ser ante todo un escritor de verdad.

Un escritor de verdad es el que vive intensamente, excluyentemente, su vocación. El escritor se entrega a su tarea con la misma vehemencia inapelable y espontánea con que cualquiera se aferraría a una rama al caer a un abismo, y con la certeza absoluta de que en ello le va la vida, y de que no queda otra elección posible. Pero, claro está, Manuel no quisiera que esta imagen del abismo extendiese su elocuencia hasta el punto de oscurecer lúgubremente la pasión de escribir. A Manuel, que es un escritor con tendencia a torturarse, le gusta recordar a menudo las palabras de Nietzsche: Hay que escribir con alegría; no con euforia, por supuesto, sino con ese ímpetu gratificante, sosegado y atento con que labora el artesano. Y le gusta pensar a menudo en aquel episodio sugerido en que don Quijote y Sancho están montados en el caballo Clavileño y de pronto Sancho desliza la sospecha de si no serán víctimas de una burla cruel. ¿Y qué?, viene a responder don Quijote, allá ellos con sus burlas, que a nosotros no podrán arrebatarnos la gloria del empeño. Y ésa es la gloria de que hablaba Faulkner refiriéndose a Thomas Wolfe y a él mismo. Apliquémonos el cuento: que la persona amada no nos quiera, que lo indecible no se deje decir: ¡allá ellos! A nosotros, que nos quiten lo bailao.

16 de junio de 1987

Pero justo ahora recuerdo que un día leí en el periódico la noticia de unos novios que se ahorcaron por amor. No porque los padres se opusieran al noviazgo sino al parecer sólo por amor. Podían haber sido felices, como tantos otros. Crecer, estudiar, casarse luego, tener hijos, envejecer juntos... Acaso por no contaminar el amor con ese proceso de años y de costumbres, por no saber qué hacer con él en este mundo, por ser intolerable la amenaza y el peso de su plenitud (con sus ausencias, malentendidos, recelos, trabajos cotidianos, reconciliaciones, necesidad de atender a otros asuntos que no fuesen los estrictamente amorosos), quizás asustados de todo eso, qué sé yo, el caso es que acabaron con sus vidas. El padre del novio era dueño de un garaje. Allí había un autobús. Entre el autobús y la pared, un corredor oscuro y angosto. Colgaron dos cuerdas, dejaron una nota: «Enterradnos juntos. Nos amamos». Esto ocurrió una tarde de domingo, al atardecer. Igualar el sueño, alcanzar lo inalcanzable.

El manantial secreto

Hay en la vida de todos experiencias decisivas, golpes magistrales del destino que nos desvían por rumbos imprevistos. Horacio Quiroga habla de esas bolas de billar que, lanzadas con efecto, toman de pronto una dirección espléndida e insólita. A los dieciséis años, Rousseau robó una cinta del pelo y dejó que el castigo cayese sobre una criada. Las *Confesiones* y las *Ensoñaciones de un paseante solitario* rinden homenaje muchos años después a aquel episodio obsesivo y fundacional. En su infancia, Camus vio cómo un tranvía atropellaba y mataba a una niña. En ese instante, nos cuenta, decidió que Dios no existía y, quizá, que la vida es absurda. Hay un poema de César Vallejo que refleja el azar de esas experiencias decisivas. Hablan varios hombres. Uno dice: «El momento más grave de mi vida estuvo en la batalla del Marne, cuando fui herido en el pecho». Otro dice: «El momento más grave de mi vida ha estado en mi mayor soledad». Y otro dice: «El momento más grave de mi vida es el haber sorprendido de perfil a mi padre».

A Manuel, como a todos, le han ocurrido algunas de esas experiencias fundacionales, a partir de las cuales la vida cambia de ritmo y de sentido. Una de ellas, no la más importante ni mucho menos, fue cuando tuvo el privilegio de ser Federico García Lorca durante veinticuatro horas.

Ocurrió en 1986, con motivo del cincuentenario de su muerte. Un amigo querido, Tito Gil, y él, aprovechando esa a veces feliz confusión que existe entre folclore y cultura, consiguieron que un comité los eligiera para hacer una gira por universidades norteamericanas con objeto de difundir la cultura hispánica por aquellas tierras de apóstatas. Tito Gil recitaba a Lorca y Manuel desde atrás le atenuaba los énfasis con un fondo lírico de guitarra. Luego había un coloquio y un vino español y se iban con la música a otra parte. Y fue al llegar a Nueva Orleans cuando sucedió lo imprevisto. Había allí una muchacha, estudiante de literatura hispánica, que había leído todo Lorca pero que tenía un lapsus en su información: creía que Lorca era un poeta de hoy, y que las referencias a su muerte suponían una licencia retórica, equiparable a la de Antoñito el Camborio o a las de tantas otras muertes prematuras como aparecen en su obra. Y no sólo creía eso, sino que Manuel era García Lorca en persona, que había venido a Estados Unidos a difundir sus versos y a tocar la guitarra. «Así que tú egues Fedeguico Gagsía Logca», exclamó admirada, a lo que Manuel, no menos admirado, y tras un breve balbuceo, contestó que sí, porque un malentendido de ese calibre es un regalo del destino que no se debe rechazar. Durante veinticuatro horas, la muchacha bombardeó a Manuel con preguntas sobre su obra: «¿Qué quieres decir cuando dices "la muerte me está mirando desde las torres de Córdoba?", ¿es verdad que Bernarda Alba es un símbolo de la España franquista?». Y a Manuel, que todos los años intentaba explicar a sus alumnos los versos de Lorca, ahora que era Lorca, sus explicaciones de profesor no le servían. Ignoraba completamente por qué habría escrito «verde que te quiero verde». En fin, que fue una lección ejemplar: como profesor disponía de respuestas para casi todo, y no exentas de validez, pero como autor no tenía nada que añadir a sus versos.

Este episodio le sirve a Manuel para evitar

tener que hablar de lo que escribe, que es la cosa que menos le gusta en el mundo, y también para coger la ocasión al vuelo y devolver la charla a su origen: a las experiencias fundacionales, o a los demonios literarios, como también se dice. Quizá fue Séneca quien difundió un par de imágenes memorables sobre el concepto de originalidad: está por un lado quien, como el gusano, extrae la seda de sí mismo, y está el que, como la abeja, elabora el néctar libando diversas flores. En *Contingencia, ironía y solidaridad*, Richard Rorty nos explica más o menos lo mismo de otro modo. Viene a decir que hay dos léxicos: el privado (que es el del ironista, Proust o Nietzsche por ejemplo, y que no sólo no sirve para argumentar sino que ni siquiera lo intenta) y el del metafísico, que propugna un lenguaje invisible y genérico, que tiende a confundirse con el de la comunidad. ¿Qué es mejor, hablar el lenguaje de la tribu o inventar nuestro propio código privado? ¿Ser clásico o romántico? Los metafísicos, como Marx o Habermas, acusan a los ironistas de que la búsqueda de una perfección y autonomía privadas no es en el fondo sino una perversión estetizante. Los ironistas, por su parte, imputan a los otros que su lenguaje ilustrado y racionalista, que tan vital y útil fue en su época, hoy es inoperante y supone un obstáculo para el progreso.

Ésta es, desde luego, una discusión ideológica, pero quizá no hay escritor que, en algún momento de su vida, y sin haber leído a Lukács ni a Breton, haya escapado a ese dilema. Gusano o abeja, ironista o metafísico, acaso la mejor definición de originalidad sea aquella perogrullada que dice que el secreto de ser original consiste en ser uno mismo. O dicho de otro modo: un escritor, ante todo, debe saber cuál es su mundo, cuáles son sus demonios, y ser fiel a ellos. O por decirlo con palabras de Flaubert: el escritor ha de intentar encontrar el tema o los temas que conecten con su temperamento. Y añade que eso suele ser una cuestión de suerte. Para ilustrarlo, aporta el ejemplo de Cervantes, que tuvo la fortuna de encontrar el gran tema donde se concitaban felizmente todos sus fantasmas. También podría decirse que Flaubert tuvo la suerte de toparse en un periódico con la historia de Emma Bovary y de vislumbrar en ella lo que en Emma había de Flaubert, o de Flaubert en Emma.

Así que el escritor debe escribir sobre aquello que conecta con sus inquietudes y experiencias mas íntimas. Es de suponer que eso es aproximadamente lo que le aconsejó Joyce a Beckett cuando le dijo que escribiese lo que le dictara la sangre, no el intelecto, y lo que formuló Camus de un modo más directo: «Cada escritor debe saber de dónde mana su manantial». Pero estas cosas son mucho más complejas de lo que aparentan. Cuando Conrad escribió *El agente secreto*, que trata sobre la vida de los anarquistas en Londres, no sabía apenas nada de anarquistas, y se inspiró en una noticia de prensa: un muchacho medio subnormal murió en el intento de hacer volar con una bomba el Observatorio de Greenwich. Un amigo, después, le habló vagamente de aquellos activistas clandestinos. Eso fue todo, y con ese bagaje se puso a escribir. La novela causó mucho escándalo, y no sólo la buena sociedad lo acusó de conocer sospechosamente bien el mundo de los anarquistas sino que los propios anarquistas afirmaron que aquella novela solamente la podía haber escrito uno de los suyos.

Este suceso es, en verdad, aleccionador. Todos hemos vivido experiencias aparentemente decisivas que, sin embargo, luego no nos inspiran a la hora de escribir, en tanto que otras (la mirada de alguien con quien nos cruzamos fugazmente en la calle hace ya muchos años, la noticia sucinta que leímos en un trozo viejo de periódico, algo que nos contaron en la infancia, la pesadumbre de una remota tarde de domingo) acaban convirtiéndose en episodios fundacionales, sobre los que volvemos una y otra vez como enigmas existenciales que no podemos desoír. Manuel, por ejemplo, anduvo durante algunos años en el mundo ambulante de la farándula, conoció a tipos curiosísimos, vivió situaciones de lo más singulares, y sin embargo todo eso no le ha inspirado de momento más que un artículo de periódico. Y al revés: hechos mínimos, que no parecían llamados a perpetuarse, se han convertido en obsesivos con el paso del tiempo. Por eso es tan difícil llegar a conocer nuestro mundo, nuestros demonios literarios, nuestro manantial secreto. Por eso es tan difícil llegar a «ser uno mismo». Por eso decía Flaubert que a veces ese hallazgo es cosa de suerte —y por eso hay escritores magníficos que nunca llegaron a encontrar el gran tema de su vida, aquel donde se den cita sus obsesiones más recónditas y verdaderas.

Pero, en general, uno podría construirse una buena norma de escritor con aquel comentario de Ortega sobre un episodio bíblico donde alguien sale a buscar unas asnillas que ha perdido y, andando andando, se aleja, se enreda en peripecias y acaba conquistando un imperio. Los clásicos son los que salen a buscar unas asnillas que perdieron y terminan conquistando un imperio; los románticos son los que salen a conquistar un imperio y regresan con unas asnillas. «Sal a por tus asnillas»: sí, ésta podía ser una buena norma para el escritor.

Y luego está el oficio, cómo no. El oficio es esa sabiduría difusa, grande o pequeña, que uno va adquiriendo tras muchos años de trabajo, y que se manifiesta a través de la intuición. Lo primero que habría que decir del oficio, de ese saber difuso, es que no es algo clausurado, y en él no es válido el refrán de que quien hace un cesto hace ciento. Porque el oficio es algo que desde luego, se puede y se debe aprender, y que, sin embargo, en beneficio de la salud mental, debe también desaprenderse a cada momento. Lo que se aprende al escribir una novela, luego resulta que no sirve para la siguiente. Es decir: que uno tiene que reinventar o renovar sus destrezas una y otra vez, porque las rutinas del oficio pueden llegar a sustituir el espíritu de invención y de riesgo, y cuando uno quiere darse cuenta, ocurre que se está repitiendo, que está aplicando una fórmula, y acaba pareciéndose patéticamente a sí mismo, como un viejo cómico con muchas tablas y poca inspiración. Desde luego, vale más un error original que un acierto aprendido y previsto. A Manuel le gusta construir sus historias al modo flaubertiano, desde antes de saber cómo construía Flaubert. Es decir, planea mucho, se rodea de cuadernos, analiza los espacios y los personajes, calcula el tiempo con una cierta vocación de relojero, acumula materiales, amuebla la trama con anécdotas y situaciones, y de este modo va entrando, o se hace la ilusión de que va entrando en la historia y conociéndola minuciosamente en todos sus entresijos. Cuando cree que la historia está madura (es decir: cuan-do conoce a los personajes, sabe cómo actúan y en qué ambiente y en qué tiempo se mueven), la organiza en partes, y las partes en segmentos narrativos vagamente autónomos, todo ello de un modo general, panorámico. A continuación, monta el primer trozo de la historia, y acto seguido, divide el capítulo en escenas. Para Manuel, las escenas son lo más importante del arte narrativo, porque es a través de ellas como se va expresando en cada momento la visión de la realidad. Una escena podía definirse como la unidad narrativa más breve desde el punto de vista estructural. Gramaticalmente, cabría compararla con los párrafos. Como en el cine, al pasar de una escena a otra suele cambiarse la perspectiva, y con ello el tiempo y el espacio, y a veces incluso el protagonismo. Una novela se hace fundamentalmente con escenas. Si el novelista fuese un labrador, las escenas vendrían a ser los surcos. Hay escritores que las unen en capítulos, que es lo usual, y hay otros, como Valle-Inclán, que les dan un aspecto autónomo, sin nexos narrativos entre ellos. Decía Chéjov que hay que intentar decir las cosas como no las ha dicho nunca nadie. Eso, más que un asunto de retórica, de lenguaje, es una cuestión de perspectiva, de enfoque, de invención, y esto es algo que hay que plantearse continuamente en cada escena. Una frase puede estar muy bien escrita, y también la siguiente y la de más allá. Pero sólo cuando esas frases se ponen al servicio de una escena vigorosa y significativamente concebida, es cuando se empieza a traspasar la frontera que media entre escribir bien y hacer una novela.

Y luego, cuando uno tiene ya la historia estructurada, amueblado el primer capítulo y diseñada la primera escena, llega la hora de escribir. Hasta entonces, uno ha hecho planes para emprender un viaje: se ha provisto de un mapa, de una brújula, de víveres y de otra mucha impedimenta. Ahora, en el momento de escribir, el viajero echa a andar. Y es entonces cuando surgen imprevistos: a veces el plano no sirve, ni la brújula, y hay que cambiar el rumbo sobre la marcha. Un personaje secundario, de pronto exige ser elevado de rango, y otro, que tenía jerarquía de protagonista, se difumina sin saber cómo. Tal situación, que en los preparativos nos había parecido de gran importancia, se desinfla de golpe, pero surge otra, en la cual ni siquiera habíamos reparado. Se hace camino al andar: se hace relato al escribir. Las cosas nunca salen como se proyectaron, afortunadamente. Por eso escribir es una de las tareas más laboriosas y extraordinarias que existen. Y es ahí, en la escritura, en esos momentos en que nos visita la inspiración y acertamos a encontrar el tono de la historia, cuando el oficio pierde su soberanía y uno se encuentra solo, como un niño perdido, para su angustia y su felicidad, en una fiesta multitudinaria. El oficio entonces puede servirnos como mucho para no cometer grandes errores, pero el resto es sólo incertidumbre. Allí donde termina el oficio, empieza algo indefinible a lo que quizá podríamos llamar encanto. A una novela se le pueden perdonar todos los defectos (que no esté del todo bien compuesta, que su prosa sea descuidada...), todos los defectos menos uno: el encanto, y eso es un misterio cuyas más profundas leyes no conseguiremos nunca descifrar. Pero lo importante, lo único en verdad importante, es dejarse el alma en el intento desesperado y gozoso de decir lo indecible. O dicho de otro modo: de fracasar, pero gloriosamente.

Sobre la brevedad

Pero tampoco hay que fiarse mucho de la brevedad. Contra la brevedad convendría recordar que, en una guerra, un soldado encontró en la mochila de un cadáver dos libros, a saber: El viaje al centro de la fábula, de Augusto Monterroso, y El conde de Montecristo. Como llevarse los dos le pareció ya rapiña, y por no agravar la soledad del muerto, decidió apoderarse sólo de uno. Tras muchas dudas, y por ir más ligero de equipaje, eligió el de Monterroso. Lo acomodó bajo la guerrera y, andando que te andarás, continuó su camino. Y he aquí que, más allá, siente un golpe en el pecho. Da un traspiés, suspira, se desploma: una bala perdida lo ha acertado de lleno. En el último instante saca el libro y observa que la bala lo ha atravesado limpiamente desde el copyright hasta el código de barras, y que además le ha llegado hasta el centro mismo del corazón. Viaje al centro del corazón, es el sarcasmo que se le ocurre antes de morir, y aún alcanza a pensar que si hubiese elegido

el de Dumas a estas horas estaría vivo, y que su mala suerte se debe exclusivamente a la excesiva concisión del autor.
He aquí uno de los peligros de la brevedad.
Claro que, de haber tenido tiempo para más sarcasmos, también la víctima podría haber pensado que quizá casi todas las novelas extensas son en el fondo breves, e incluso brevísimas, por la sencilla razón de que casi nadie las lee. Allí donde las balas se equivocan, la sociología no yerra: si uno compra una novela de quinientas páginas y lee sólo treinta, para ese lector la novela constará exactamente de treinta páginas. Lo que ocurre es que, para muchos, los libros voluminosos ofrecen al menos dos ventajas: una, que al ser caros, el prestigio y el placer del consumo son también mayores; y otra, que al ser muy extensos, el comprador compra de paso una coartada para no leerlos. Pero con los libros breves no hay escapatoria. Quien adquiere un libro breve contrae de rebote el engorro de tener que leerlo.
A mí, particularmente, hay muchos libros breves que me han engañado muchas veces, y así, por ejemplo, hubo un tiempo en que lograron convencerme de que tenían sólo por ejemplo cien páginas. A la cuarta vez que los leí, me di cuenta, sin embargo, de que encubrían cuatrocientas, y como todavía no he acabado de releerlos, resulta que el autor me ha vendido

como prosa breve lo que en realidad es un libro poco menos que interminable. Pero la verdadera brevedad es saber callar cuando no hay nada que decir. Esto es muy difícil. ¡Con qué coraje escribía Kafka en sus Diarios el día 22 de septiembre de 1917: «Nada»! Y, sin embargo, Kafka, y en definitiva cualquiera, podía haber llenado una hoja de ocurrencias pasajeras. No es difícil escribir algo cuando se tiene oficio y un poquito de orgullo. Ese «nada» de Kafka, ¡qué extraña flor resulta!, ¡cuántas lluvias y soles habrá necesitado para florecer en el baldío! ¡Qué lección literaria! Porque detrás de «nada» está la convicción de que no se puede decir cualquier cosa sino algo que se desea con una intensidad excluyente: algo esencial, y que no admite sucedáneos. Algo muy concreto y muy perseguido y anhelado, y por eso es tan difícil atreverse a esa última resignación de decir «nada».

Cómo se hace una conferencia

Manuel Pérez Aguado es también conferenciante. Ahora mismo, por cierto, se dispone a elaborar una conferencia, y empieza a escribir sin saber muy bien hacia dónde va a derivar. La conferencia se va a llamar algo así como «El origen de la pasión estética», aunque es seguro que al final buscará un título de menos estruendo. Tiene algunas ideas acerca de por qué y cómo se hizo escritor, de dónde surge la pasión artística, ha tomado algunas notas, pero ignora cómo ha de conjuntarlas, y si trabarán en algo unitario y coherente, o se malogrará la mezcolanza, como ocurre a veces con la mayonesa. Lo bueno de escribir es andar el camino. Uno tiene un plan, pero lo que no puede nunca prever son los continuos accidentes que le saldrán al paso (las pequeñas invenciones que hay en cada frase, los giros sintácticos que nos dicta la propia música del idioma, la elección de un ritmo, de una palabra, de un punto de vista, de las variantes que no se nos habían ocurrido en el momento de idear el proyecto). Ahora mismo, Manuel Pérez no sabe si ya ha empezado a andar, es decir: si estos preliminares forman o no parte del plan. ¿Adónde el camino irá?

Se ha puesto, pues, a hacer la conferencia. En estos casos no se sabe muy bien quién es el conferenciante, si el lector, el escritor o el profesor. ¿Será acaso el profesor que escribe con la asesoría técnica del escritor y la ayuda, siempre incierta, de ese diletante que es el lector? Algo así será. Porque el escritor habla sólo de lo que siente, el profesor de lo que sabe, y el lector de lo que lee, en tanto que el conferenciante escribe de todo, tira de pluma y hace su chapuza. Gran milagro es ése: cómo van saliendo las frases de la nada, con sólo el auxilio de una pella de barro, de un rumor, del latir agónico de un recuerdo. A veces, si no fuese por el charlista (es decir, por el chapucero que colabora con el escritor y que está ahí, siempre disponible para los trabajos sucios), Manuel no podría escribir o hablar de asuntos que ignora, o que sabe pero que no sabe que los sabe, sacar un ratón de la chistera donde hasta ese momento había sólo un poco de serrín. Igual que las manos del músico recuerdan melodías que la conciencia había olvidado, también la pluma, si se la deja suelta sobre el papel, quizá ella sola busca y encuentra los caminos, trae a la memoria lo que sabe, hace cierto a Platón. Pero tampoco es cosa de menospreciar al conferenciante. Las aventuras caballerescas lo son también escuderiles, y alguien tendrá que ocuparse de la impedimenta para que aproveche la andanza y se muestre el valor. Ahora, por ejemplo, mientras Manuel se dispone a entrar en materia, ya están los tres otra vez a la gresca, el lector, el escritor y el profesor, discutiendo, negociando, a ver quién pone el tono, quién la sapiencia, quién la bruma, quién la claridad, quién el temblor.

Burla burlando, no sabe muy bien cómo, parece que la conferencia ya está en marcha. Manuel Pérez mira afuera, tras la ventana, como buscando inspiración, o quizá sólo tomándose un respiro antes de proseguir. Hace un día luminoso —y de pronto Manuel se pregunta qué hace allí, por qué no aprovecha para irse a pasear y a gozar de este sol, de esta mañana que, como tantas otras cosas, no ofrecerá una segunda oportunidad de ser vivida. La literatura y la vida: he aquí un asunto que todas las generaciones de escritores y artistas, principalmente desde el Romanticismo, se han planteado de un modo exasperado y sin llegar nunca a concluir nada, porque se trata de un conflicto insoluble. Lograr que la literatura y la vida se confundan, lleguen a ser la misma cosa, puedan ser afrontadas con el mismo sentimiento de realidad y de plenitud, que el mundo objetivo y el imaginario formen una sola entidad, que acción y pensamiento se armonicen en un único envite: tal es el sueño imposible que muchos persiguieron y que quizá nadie alcanzó, y cuyo temblor existencial y metafísico llena de tensión, de entusiasmo y de melancolía tantos y tantos libros.

En fin, que ha mirado por la ventana, con la pluma en la mano, y ha sentido de golpe el enigma de esa doble vida a que lo obliga la escritura, de la mutilación esencial que nos impone nuestra incapacidad de vivir y soñar al mismo tiempo, y que nos condena a una cierta insatisfacción, más punzante cuanto mayor es el afán de trascendencia que suele latir, y acechar, en lo más profundo de nuestros corazones. Mira por la ventana y piensa que lleva escribiendo unos treinta y cinco años y que hay días, o más bien momentos, como éste de ahora, en que lo asalta una sospecha atroz: que a él en el fondo no le gusta escribir, que a él lo que le gusta de verdad es deambular por el mundo sin hacer nada de provecho, y que por tanto ha equivocado su vida y, en cierto modo, la ha desperdiciado. Si esto es así, como cree firmemente a veces, entonces sus años (sus afanes, sus penas, sus contentos, sus fracasos, sus logros) son sólo el fruto de un malentendido o de un error. En algún instante de su adolescencia, o quizá de su infancia, debió de sucumbir tontamente al espejismo de la literatura, lo cual lo llevó en un proceso ya imparable a estudiar filología, a convertirse en profesor de literatura, a ennoviarse y a casarse con una filóloga que también es profesora de literatura, a tener la casa atestada de libros literarios, a rodearse supersticiosamente de estilográficas, de lápices, de sacapuntas, de cuadernos. A hacer conferencias literarias. A mirar el mundo como materia prima con que alimentar a esos monstruos sin fondo que son la invención y la sintaxis. A tener amigos que también leen o escriben, y hablan de personajes, de ambientes, de tramas, de adjetivos. A pensar de vez en cuando en la gloria literaria, en la posibilidad fantástica de dar que hablar después de muerto. A encerrarse cada día en un cuarto a porfiar con las palabras, en vez de andar a la ventura por los campos, y beber el agua de los ríos, comer de camino, hablar con los pastores, tumbarse en la hierba a ver pasar las nubes, y gastar así el tiempo con la indolencia altiva de quien derrocha una fortuna al juego.

Tumbarse en la hierba. Manuel Pérez se ha acordado de pronto de un episodio de su infancia, de un hombre que está postrado en una cama y que no es un hombre cualquiera sino una de aquellas figuras legendarias que hubo en el sur hace ya años y a quienes les llamaban los «tumbados». Manuel conoció de cerca una vez a un tumbado; esto es, no a un holgazán, a un neurótico o a un simple enfermo imaginario, sino a un auténtico e irrepetible ejemplar de tumbado: a un hombre que una mañana opta por suspender su actividad laboral y social y se abandona espléndidamente a la inacción. Nada excepcional había ocurrido en su vida. No había sufrido un desengaño, tendencia a la depresión o conflicto laboral o amoroso. No, a aquel hombre le había sucedido lo que a otros: que una mañana, sin anuncio previo, sin razón aparente, sin el menor síntoma de enfermedad, y en perfecto uso de sus facultades mentales, había decidido quedarse en la cama indefinidamente. Desde luego era inútil animarlo o persuadirlo a la acción, ni nadie lo intentaba, porque todos sabían que aquella era una tragedia que carecía de nombre, de causa y de remedio, que le puede ocurrir a cualquiera, y que era tan inevitable como el rayo o la lluvia. Y tampoco a nadie se le pasaba por la cabeza acusar al postrado de molicie o locura, ya que en última instancia se trataba de designios de Dios o del destino y como tales había que recibirlos. Sólo quedaba, pues, condolerse, resignarse o intentar salir adelante como mejor se pudiera. Les llamaban así, los tumbados, y que Manuel sepa no hay muchas noticias sobre ellos.

Manuel recuerda que había una mujer vestida de medio luto que iba limosneando de puerta en puerta con el estribillo: «Una caridad para esta pobre mujer que tiene seis hijos y a su marido tumbado desde hace ya diez años». Y la gente le daba algún socorro y la animaba a la esperanza y a la fe. Porque lo más impresionante de estos dramas era el respeto y la adhesión con que la comunidad acogía a los tumbados. Se daban estos casos en familias más bien humildes y casi siempre el tumbado era un hombre, por lo general laborioso y de espíritu manso y ejemplar. Una vez tomada la decisión de tumbarse, se iniciaba un proceso de desenlace imprevisible. Acudían los vecinos a acompañar en la desgracia, a dar una especie de pésame y a reunirse en torno al tumbado en un acto muy parecido a un velorio sin muerto, o con el muerto presente no sólo en cuerpo sino también en alma. Si alguien, desinformado, se interesaba por lo ocurrido, recibía por respuesta: «Nada, que Fulano se ha tumbado», y el otro movía desalentado la cabeza y decía: «Vaya por Dios». Luego, la historia del tumbado se diluía en el tiempo. A veces le duraba la decisión toda la vida; a veces, a los dos, cuatro o doce años, un día se levantaba y retomaba su actividad de siempre. «Fulano se ha levantado», se corría la voz entonces, y en todas partes se le recibía con naturalidad e incluso con admiración.

Manuel conoció una vez a un tumbado. Era un tumbado más bien joven, porque sólo llevaba tres años en la cama, y no debía de haber cumplido los cuarenta. «¿Cómo va eso?», le preguntó alguien. «Aquí andamos con lo nuestro», dijo él. Con lo nuestro. Dedicaba el tiempo a mirar al techo, a recabar información sobre si era buen año de liebres o aceitunas, a dormir y a suspirar de vez en cuando. A Manuel le impresionó su dignidad y, sobre todo, que aquella postración no parecía un descanso sino una última y misteriosa forma de trabajo. Allí estaba, laboriosamente echado, concentrado en su tarea ciclópea y ofreciendo el formidable espectáculo de una quietud que evocaba a la del santo Job ante un destino fatal e incomprensible.

¿Vendrá a cuento en la conferencia esto de los tumbados? Quizá no, quizá luego lo quite, pero en cualquier caso ahora recuerda que, cuando empezó a ir a la escuela y a adquirir deberes y responsabilidades, él se acordaba de aquel tumbado y lo envidiaba en secreto y soñaba con un destino similar para él. Quedarse así ya el resto de sus días, instalado siempre en el presente, a salvo de los temores y afanes de tener que proyectarse en un futuro que siempre es incierto, y siempre amenazante. Pero luego, lo que son las cosas, acabó siendo lector, escritor y profesor. Una lata. Los tiempos le han impuesto además el engorro de escribir literariamente, porque esto ya no es como en el Renacimiento, cuando la gente recibía de la época, que no del cielo, la gracia de hablar de por sí muy bien, y el autor podía por tanto permitirse el descanso de escribir al dictado del habla, y no sólo era poeta sino también y sobre todo soldado, o fraile, o monja, o actor, o medio pícaro, pero en cualquier caso nunca escritor a secas. Ahora no. Ahora hay que hacer literatura para dar la impresión del lenguaje hablado. Y eso sin contar con que siendo, como somos, hijos del Romanticismo, tenemos el sagrado deber de ser originales, únicos, intransferibles, y de aspirar incluso a ser geniales, y tanto en la expresión como en los temas, y a veces hasta en la imagen pública. Oh dichosa edad aquella en que tampoco en la literatura existían del todo las palabras «tuyo» y «mío», y los asuntos estaban ahí, a disposición del primero que quisiera tomarlos, de modo que, quien se creyese con ánimo de hacerlo, podía volver a escribir el *Lazarillo,* o *Hamlet,* o el *Quijote,* o *El alcalde de Zalamea,* sin que nadie le reprochase nada, o lo demandase ante los tribunales. ¡Dichosa edad en que la exacerbación del individualismo y de la originalidad como absoluto estético no habían infectado aún el alma del artista!

Quizás es Ferlosio quien cuenta el caso, triste y ejemplar, de aquel hombre de letras que dedicó su vida a estudiar la obra de Dante. Y no sólo sacrificó la suya, claro está: tanta era su pasión erudita que inevitablemente complicó también a su familia en el empeño. Y llegada la hora de su muerte, reunió a su mujer y a sus hijos en torno al lecho y les dijo: «Mirad, he de confesaros un secreto que hasta ahora no me he atrevido a confiar a nadie. ¡Me carga el Dante!», y se murió. Y sí, igualmente Manuel ha de reconocer que también a él hay días en que le carga la literatura y su contexto, y que (aun sabiendo que la literatura también es vida, y que lo de beber el agua de los ríos y hablar con los pastores no es sino nostalgia de la infancia o mero renacentismo rezagado), a pesar de todo, echa de menos esa cosa que, a falta de mejores palabras, llamamos simplemente vivir.

Si hay actos que definen una vida, actos insignificantes en apariencia pero que contienen el germen del futuro, quizás entonces el cabo del ovillo esté en algún episodio nimio de la infancia. Por ejemplo en aquel cuento del pescador que le contaba su abuela debajo de un evónimo, o aquel otro donde había un personaje que estaba en posesión de una palabra mágica. Decía la palabra y ocurría algún prodigio. Quizá fue entonces cuando descubrió que las palabras no eran inocentes, sino que podían llegar a ser bien poderosas, y a veces custodiaban tesoros o gobernaban la voluntad de genios capaces de cumplir al instante los más altos deseos. O quizá todo empezó aquella noche de verano (Manuel tenía ocho o nueve años) en que su padre le hizo leer en alto ante una cuadrilla de segadores. «Y ahora», les dijo, «vais a ver al muchacho, con lo chico que es, y cómo lee ya de carrerilla.» Lo dijo como si se fuese a obrar allí un milagro. Acercó el carburo y le tendió el periódico, del que Manuel sólo recuerda que era el *Ya*. Y él leyó, un poco a trompicones, ante aquel hato de hombres famélicos y analfabetos, que escucharon sobrecogidos, reverentes, tal vez desconcertados, en una escena que luego Manuel reconoció imaginariamente en el discurso de la Edad de Oro que don Quijote les larga a los cabreros una noche también serena de verano. Quizás entonces descubrió que la escritura, y la voz que la descifra, tenía algo de sagrado. Quién sabe si no fue en esa época cuando Manuel Pérez Aguado empezó a ser escritor. O acaso después, en la adolescencia, cuando leyó sus primeros versos y descubrió que la palabra mágica podía ser cualquiera. Leía por ejemplo: «Yo voy soñando caminos de la tarde», y esas palabras tan humildes, tan al uso, «caminos», «tarde», eran de pronto nuevas y poderosas, tanto o más que las del cuento del genio y del tesoro.

Cómo nace entonces el artista, qué secreto impulso se produce en su alma para variar en un instante el curso de su vida, qué lo mueve, quizás en su adolescencia, a juntar temblorosamente unas cuantas palabras en un papel, y con un ímpetu tan soberano y excluyente que sería capaz de venderle el alma al diablo a cambio de un buen verso o de unas cuantas frases bien hiladas. Quizás el lector y el profesor puedan ofrecer algún ejemplo y elaborar un poco de teoría.

Y, en efecto, los dos recuerdan el caso de un adolescente que quiere llegar a ser un gran escritor, y que empieza a sufrir las primeras incertidumbres del oficio. Ese muchacho se llama Marcel Proust, y ha descubierto que a veces las cosas quieren decirle algo, que de pronto el reflejo del sol en una piedra o el olor de un camino le producen un placer intenso y misterioso. Le parece que detrás de lo puramente perceptible, detrás de las apariencias, hay algo más, algo esencial que sólo él está llamado a descubrir. Pero el asunto no es fácil. Al contrario: después de muchas tentativas comprende que lo complicado no es tanto ser el destinatario de un sentimiento de extrañación como el de conseguir desvelarlo y reflejarlo finalmente en palabras. Una sensación de impotencia, una tristeza casi enfermiza se apoderan de él. Entiende entonces que va a necesitar mucha paciencia y mucha voluntad para profundizar en esas impresiones y arrancarles a las cosas su identidad secreta.

Un día, al fin, consigue el primer éxito. Fue en un viaje en coche. De pronto sintió ese placer desazonado que ya le era familiar. A lo lejos se veían tres torres de iglesia. Dos de ellas estaban en el mismo pueblo; la tercera, separada por una colina y un valle, parecía también, por efecto de la distancia, formar grupo con las otras dos. El coche se acercaba a las torres, que iban cambiando las posiciones según las sinuosidades del camino. El joven, al regreso, tomó papel y lápiz y escribió:

«Solitarias, surgiendo de la línea horizontal de la llanura, como perdidas en campo raso, se elevaban hacia los cielos las dos torres de los campanarios de Martinville. Pronto se vieron tres: porque un campanario rezagado, el de Vieuxvicq, los alcanzó y con una atrevida vuelta se plantó frente a ellos. Los minutos pasaban; íbamos a prisa y, sin embargo, los tres campanarios estaban allá lejos, delante de nosotros, como tres pájaros al sol, inmóviles, en la llanura. Luego, la torre de Vieuxvicq se apartó, fue alejándose, y los campanarios de Martinville se quedaron solos, iluminados por la luz del poniente, que, a pesar de la distancia, veía yo jugar y sonreír en el declive de su tejado. Tanto habíamos tardado en acercarnos, que estaba yo pensando en lo que aún nos faltaría para llegar, cuando de pronto el coche dobló un recodo y nos depositó al pie de las torres, las cuales se habían lanzado tan bruscamente hacia el carruaje, que tuvimos el tiempo justo para parar y no toparnos con el pórtico. Seguimos el camino; ya hacía rato que habíamos salido de Martinville (...) y aún, solitarios en el horizonte, sus campanarios y el de Vieuxvicq nos miraban huir, agitando en señal de despedida sus soleados remates. De cuando en cuando uno de ellos se apartaba, para que los otros dos pudieran vernos un momento más; pero el camino cambió de dirección, y ellos, virando en la luz como tres pivotes de oro, se ocultaron a mi vista. Un poco más tarde (...), los vi por última vez desde muy lejos: ya no eran más que tres flores pintadas en el cielo, encima de la línea de los campos. Y me trajeron a la imaginación tres niñas de leyenda, perdidas en una soledad, cuando ya iba cayendo la noche; mientras que nos alejábamos al galope, las vi buscarse tímidamente, apelotonarse, ocultarse una tras otra hasta no formar en el cielo rosado más que una sola mancha negra, resignada y deliciosa, y desaparecer en la oscuridad.

»No he vuelto a pensar en esta página; pero recuerdo que en aquel momento cuando la acabé de escribir, me sentí tan feliz, tan libre del peso de aquellos campanarios, y de lo que ocultaban, que, como si yo fuera también una gallina y acabara de poner un huevo, me puse a cantar a grito pelado» (*Por el camino de Swan*, traducción de Pedro Salinas).

Así nos cuenta Proust su primera experiencia estética: el descubrimiento de que la realidad objetiva tiene una cara oculta, que es siempre imaginaria: torres que son flores, torres que son pivotes, torres que son doncellas... Así nace el artista: por un golpe de intuición metafórica.

Ahora el lector recuerda, y el profesor confirma, que algo similar nos cuenta Joyce en el *Retrato del artista adolescente*. A Stephen Dedalus, un compañero lo empuja en el patio del colegio y lo hace caer a un charco. Alguien, para asustarlo, dice ver en el agua legamosa una enorme rata. Stephen se constipa con el chapuzón. Está ahora enfermo, en cama. El prefecto le pone la mano en la frente, y Stephen imagina (primer puente metafórico) que así debe de ser el tacto de una rata. Ahora está en la enfermería, con el Hermano Michael. Stephen piensa si se morirá. Stephen delira, y en el delirio, lo objetivo y lo imaginario se juntan y confunden en una sola realidad plural. Imagina su entierro, oye una campana, una canción fúnebre. Atardece. Silencio en el colegio. El resplandor del fuego de la chimenea brinca en la pared. Y aquí tiene lugar la transformación imaginaria del mundo:

«¡Qué pálida la luz en la ventana! Pero hacía muy bonito. El resplandor del fuego subía y bajaba por la pared. Hacía como las olas. Alguien había echado carbón y él había sentido que hablaban. Estaban hablando. Era el ruido de las olas. O quizá las olas estaban hablando entre sí, al subir y al bajar.

»Vio el mar de olas, de amplias olas oscuras que se levantaban y caían, oscuras bajo la noche sin luna. Una lucecilla brillaba al final de la escollera, por donde el barco estaba entrando. Y vio una muchedumbre congregada a la orilla del agua para ver el barco que entraba en el puerto. Un hombre alto estaba de pie sobre cubierta mirando hacia la tierra oscura y llana.

A la luz de la escollera se le podía ver la cara: era la cara triste del Hermano Michael.

»Le vio levantar la mano hacia la multitud y le oyó decir por encima de las aguas, con voz potente y triste:

»—Ha muerto. Le hemos visto yacer tendido sobre el catafalco.

»Un gemido de pena se elevó de la muchedumbre.

»—¡Parnell! ¡Parnell! ¡Ha muerto!

»Todos cayeron de rodillas, sollozando de dolor.

»Y vio a Dante con un traje de terciopelo castaño y con un manto de terciopelo verde pendiente de los hombros, que se alejaba, altiva y silenciosa, por entre la muchedumbre arrodillada a la orilla del mar» (traducción de Alfredo Donado).

El fuego ha llevado a las olas, la conversación al ruido de las olas, las olas al mar y el mar al barco, desde cuya proa el Hermano Michael anuncia la muerte de Stephen.

Manuel Pérez ha ido tomando notas de todo cuanto han aportado el lector, el escritor y el profesor. También tiene que mirar el *Orlando,* de Virginia Woolf, glosar aquel momento en que el

joven poeta se dispone a escribir la palabra «verde» pero se detiene con la pluma en el aire y mira afuera, al verde del jardín... Y otros ejemplos que él sabe que hay pero que ahora no tiene ganas de recordar...
   La literatura y la vida. Bueno, un día de éstos escribirá la conferencia, pero hoy no, hoy le da pereza, y mira a la calle y vuelve a sentir la invitación de esta mañana soleada y gentil que, como tantas otras cosas, no ofrecerá una segunda oportunidad de ser vivida.

Amor

La conferencia sobre el nacimiento del artista y demás se celebró en el salón de actos de una caja de ahorros y recuerdo que una de las autoridades que me acompañaban en la mesa no se quitó el abrigo en la hora larga que duró la solemnidad, pero lo llevaba sobre los hombros, sin embutirse en él, supongo que subrayando así la provisionalidad del acto, de modo que de vez en cuando el abrigo se le deslizaba y se le caía y él se lo colocaba de nuevo, y así se pasó todo el tiempo, muy ocupado en esa modesta actividad. Yo leía la conferencia y no podía dejar de vigilar el abrigo. Se va a caer, ahora se va a caer, pensaba, y aquella continua amenaza me tuvo distraído y desasosegado durante toda la lectura.

Luego hubo un cóctel, o más bien un banquete, en un mesón cercano. No sé por qué me asignaron a una profesora de psicología (o quizá se ofreció ella misma) para que me acompañara de la caja de ahorros al mesón, una mujer guapa con unos ojos grises precio-

sos, *vestida con unos pantalones de género y un chaleco de hombre, que a veces me tomaba del brazo como si yo fuese ciego o como si el trayecto hasta el mesón estuviese lleno de trampas y peligros. Por el camino algunos que habían asistido a la conferencia me paraban y me preguntaban si los tumbados existían de verdad. La psicóloga se mantenía entonces al margen pero muy cerca, cuidando de mí, esperando reanudar la marcha. Yo me sentía muy bien con esa mujer de la que ni siquiera sabía el nombre y que al mirarla me sonreía con una boca fina y graciosa y enseguida reprimía la sonrisa avergonzada de sí misma y entonces los labios se le quedaban a medio cerrar, con los dientes asomados apenas a la boca. En una esquina se levantó el viento y los árboles se agitaron con una especie de obstinación infantil. A mí me hubiera gustado que el mesón estuviera muy lejos y que tardáramos mucho tiempo en llegar. Pero sólo hubo que atravesar una placita y un trozo de calle y ya estábamos allí, en un salón comedor muy grande del que habían retirado las mesas y que bullía ya de gente.*

Ya se habían formado corros y yo enseguida me vi mezclado en ellos. Una mujer pelirroja, muy grande, con cara de hombre, con una falda corta con flecos como la de las indias, me preguntó si pensaba irme luego de copas. Yo me sentía ágil, con una mano en el bolsillo del pantalón y la otra armada con los folios de la conferencia enrollados a modo de porra o de batuta. Dije que no sabía pero que quizá no porque mañana tenía que madrugar mucho para tomar el avión, que ya veríamos cómo se presentaba la noche. Ándate con cuidado, me dijo alguien confidencialmente, esa mujer está casada con un bombero que la vigila de cerca. Los dos, pero ella sobre todo, tienen un gran afán intelectual. Ella quiere irse contigo esta noche para hablar de cultura. Luego aparecerá el bombero. Ella hace de gancho. Él se ha intelectualizado por amor. Te lo digo para que lo sepas.

Algunos grupos estaban muy cohesionados y se veía que sus integrantes habían sido dichosos ya en otras reuniones y que conocían el ritual de la felicidad. Se notaba en la fluidez de las relaciones, en la espontaneidad de las bromas, en la buena salud de los silencios y las risas. Yo iba y venía hablando con la gente. Había cosas muy ricas para comer, y cada vez que yo dejaba vagar los ojos por la sala me encontraba con la psicóloga, que seguía cuidando de mí y me miraba y sonreía llena de encanto y de pudor. Tres personas por separado me dijeron que en mi modo de escribir se notaba que yo era de pueblo. Una mujer menuda y muy morena me dijo de pronto que si no me había saludado antes es porque era muy tímida. Estábamos cuatro o cinco y todos nos acogimos de inmediato a la timidez. Cada cual confesó que también era tímido. *Qué casualidad.* Luego hubo un silencio, nadie se atrevió con él, y uno dijo: *A ver quién es el primero en suspirar,* y nos echamos todos a reír.

En otros grupos salieron otros temas y otros motivos de silencio y de risas. Un joven miope y apasionado se me acercó y me dijo: *¿Para qué sirve la literatura?* Yo miré alrededor pero esta vez no encontré a la psicóloga. No sé por qué me sentí desvalido. Miré al corro que se había formado en torno a la pregunta y dije: *¿Alguien quiere contestar por mí? ¿Hay algún voluntario?* Como todos guardaron silencio, miré finalmente a mi interlocutor. *¿No se anima usted mismo a formular su propia respuesta? ¿No? Bueno, entonces hágame la misma pregunta con otras palabras, a ver si así, cambiando un poco el punto de vista, encontramos una respuesta fácil. ¿Para qué sirve la literatura?,* dijo el joven miope, endureciendo el tono. *Pero eso,* dije yo, *es exactamente lo mismo que dijo antes. Sí, claro, ¿para qué voy a cambiar si eso es justo lo que quiero decir? Entonces, amigo, permítame desconfiar de una pregunta que no admite ser planteada de otro modo. ¿A usted eso no le parece sospechoso? A mí no, ¿por qué iba a parecerme sospechoso? Porque su pregunta está hecha con palabras y trata sobre las palabras, ¿comprende usted?, y las palabras son volátiles, van y vienen, y se mezclan* *unas con otras, como los naipes, donde en cada baza se renueva el azar. No sé si me explico. Sí, sí se explica, pero yo no sé lo que quiere decir.*

Luego hubo un silencio, alguien sacó el tema de los tumbados y yo aproveché para irme yendo hacia la salida. Enseguida me encontré con la psicóloga. ¿Ya te vas? Le di dos besos de despedida y ella se ruborizó y se mordió los labios para reprimir una sonrisa tonta. En el último momento, una mujer minusválida, que apenas podía hablar, me expresó lo mejor que pudo cuánto le había gustado mi conferencia. Al hablar, parecía una leoncita dándoles dentelladas a las moscas. Le acaricié la cara, lleno de gratitud.

Junto a la barra, sentados en torno a una mesa de madera nueva, algunas autoridades menores parecían derrotadas y exhaustas. Entre ellas estaba el del abrigo, que se le seguía cayendo sin parar por los hombros. Me saludaron débilmente, con tristeza, y yo pasé ante ellos también con pena de que todo hubiera acabado abruptamente, y al cerrar la puerta miré atrás por si veía a mi ángel de la guarda. No estaba, pero yo sabía que, si la esperaba con un poco de fe, ella terminaría acudiendo a la cita.

Entonces, ante la amenaza de esa dulce promesa, aceleré el paso y huí precipitadamente de la caverna del dragón.

Fin

Porque fue también debajo del evónimo donde la vieja le contó al niño un cuento sobre una princesa, un príncipe y un dragón. El dragón había hecho cautiva a la princesa y la tenía encerrada en su caverna. El príncipe, y su criado, iban a rescatarla. El príncipe entraba en la caverna con la espada en la mano y el criado se quedaba fuera, esperando, lleno de miedo y de suspense. En ese momento, el narrador tenía que elegir: o permanecía fuera con el criado o entraba en la caverna con el príncipe y contaba su batalla con el dragón. La vieja narradora se quedaba fuera. Manuel le decía: «No, no, cuenta lo que pasa dentro, cuenta lo que le pasa al príncipe con la princesa y el dragón». Y ella: «No puedo contar eso porque no lo sé. Yo cuento el cuento como me lo contaron a mí, y lo que no puedo es inventarme las cosas». «Entonces, ¿tú no puedes entrar en la caverna?»

«No.» «¿Por qué?» «Porque el cuento es así.» «¿Y no te lo puedes inventar?» Y ella, escandalizada: «No. Los cuentos son como son, y no se pueden cambiar».

Manuel ha recordado ahora aquel suceso porque, al alejarse en la noche, y al concluir así este libro, tiene la sospecha de que tampoco él ha entrado en la caverna sino que se ha quedado fuera, aguardando algo, no logra saber qué. Y acaso ésa sea la materia última de la vida: la espera, el vislumbre de lo que se nos promete pero que nunca nos será concedido. Y la nostalgia de lo que se perdió sin llegar ni remotamente a poseerlo. Relámpago en la oscuridad, susurro en el silencio, caricia cierta en el vacío. El resto son los días que quedan por vivir.

«¿Y entonces tú no te puedes inventar lo que pasa dentro de la caverna?» «No, hijo, los cuentos son como son, y no se pueden cambiar.» «¿Por qué?» «Porque entonces ya no serían verdaderos.» Y allí siguen esperando los dos, la vieja y el niño, debajo del evónimo, cautivos también ellos en la memoria para siempre.

Últimos títulos
Colección Andanzas

1008. La memoria del alambre
      Bárbara Blasco

1009. Luna llena
      Aki Shimazaki

1010. Soy una tonta por quererte
      Camila Sosa Villada

1011. Los secundarios
      Isabel Bono

1012. Lejos
      Rosa Ribas

1013. Planta noble
      Simonetta Agnello Hornby

1014. Cuarentena
      Petros Márkaris

1015. La fórmula preferida del profesor
      Yoko Ogawa

1016. Ivo y Jorge
      Patrick Rotman

1017. Fugaz
       Leila Sucari

1018. El río de cenizas
       Rafael Reig

1019. En lo más profundo del sur
       John Connolly

1020. Mentideros de la memoria
       Gonzalo Celorio

1021. El legado
       Asako Serizawa

1022. Vengo de ese miedo
       Miguel Ángel Oeste

1023. Todo va a mejorar
       Almudena Grandes

1024. Mira a esa chica
       XVIII Premio TQE de Novela
       Cristina Araújo Gámir

1025. Spinoza en el Parque México
       Enrique Krauze

1026. Cómo conocí al sembrador de árboles
       Abilio Estévez

1027. La columna
       Adrien Bosc

1028. Hotel Chile
       Luis Sepúlveda